我 折
在 花
人 寻
间 味

心岱

著

华龄出版社
HUALING PRESS

目录

厨酝

折　花

闲　读

路　上

消　寒

厨酝

春　笋

春　笋

上午去买菜，看到许多菜摊在卖一种笋，裹着厚厚的壳，长长的，问过才知是苦笋。摊主说苦笋吃了清热。有一个菜摊就把苦笋剥了出来，白中带略微的黄，把老的那节去掉，看起来很嫩的样子。苦笋和高笋很像，只是苦笋有竹节。无论摊主如何劝我，我都不买。我不喜欢吃苦笋。

以前婆婆爱买那种大的苦笋吃，个头儿较大的那种，一下子买很多，放着慢慢吃。这种笋好像也可以存放很长时间。因为婆婆患有糖尿病，吃东西多有忌讳，听人说这种苦笋吃了有好处，于是就经常买来吃。苦笋常用来烧肉。我每次回去碰到，也只吃一点儿，品尝不出人们说的好来。

黄庭坚的日记《宜州家乘》，是黄庭坚于崇宁三年（1104）写于流放地宜州的日记。在春季的日记里，黄庭坚经常记别人给他送笋，如："三月初二日，己亥。丁酉、戊戌中夜皆澍雨。德谨砦寄大簟一床，又寄大苦笋数十头，甚珍，与蜀中苦笋相似，江南所无也。"日记里提到的大苦笋不知是不是我见过的那种。黄庭坚在《苦笋赋》中言："僰道苦笋，冠冕两川。甘脆惬当，小苦而反成味；温润缜密，多啖而不疾人……"多吃而不得病，看来是苦笋的好处，而春笋却不行。听说春笋若是多吃，会吃出毛病来。《本草纲目》对此有记载。

而我却偏爱吃春笋，这时节也有新鲜卖的，即便不如春四月那么多。春笋细细的，呈青黄色。选这种春笋得挑嫩的，我想起婆婆以前买春笋的招法，就是用指甲掐笋子的头两节，嫩的，指甲能掐进去。只是这种新鲜的笋放的时间不能长，买回一般都要经过处理，就是用开水焯过，然后漂在清水里，若是多放几天，就要每日换水。过去的这个春天，买了好几次春笋来吃，鲜笋切片炒或把煮过的笋撕成细条，用蒜、葱、熟油等调料凉拌，特别下饭。

李渔在《闲情偶记》中，对笋多有记述，文中写道："此蔬食中第一品也，肥羊嫩豕，何足比肩。但将笋肉齐烹，合盛一簋，人止食笋而遗肉，则肉为鱼而笋为熊掌可知矣。"另外在笋的做法上，现在的做法跟李渔所写的相似："素宜白水，荤用肥猪。"不同的是，李渔说不宜烧鸡、烧牛肉。其实笋子烧鸡，白味的，味道鲜美。我很喜欢吃的是笋子烧牛肉。冬天最爱做，那时已没有春笋了，就买干笋，泡发后用郫县豆瓣烧，味道醇厚，下面也好吃。

桂花糖芋

白 果

　　清晨七点左右，我经过华西医科大学，见人行道旁的竹林周围散落有青色的小果子。捡了一颗看，好像不认识。抬头看，在密密的翠竹上面，高大的银杏树上结了好多果子，青色的。我觉得应该是白果，可又一想，白果怎么会落下来呢？好像还不是季节，又想会不会是小鸟弄下来的。

　　我觉得好玩儿，就捡了三枚，路上扔掉了一枚，还剩下两枚。脑子里总想着平时见惯的白果外面是一层白色的壳，一时间还没有立即把白果与这手上的青果子联系起来。走了好长一段路，我才慢慢想起，八九年前，在武侯祠看见博物馆的工作人员捡打落在地的白果就是这个样子。我曾听人说过，白果外面的这层皮很臭，洗干净不容易。这个特点倒有点儿像核桃。核桃也是外面有一层坚硬的青皮，很难去掉，并且会把手指染成黄色，很难洗掉。

在我印象中，白果是在天快冷的时候大量上市。以前总是婆婆在买，一买就好几斤，用白纱袋装好，可以透气，放冰箱里，冬天时常用白果来炖鸡，偶尔也会做白果烧鸡。

在成都我从没见过炒白果，见得多的就是炒栗子。而炒白果，我记得江南人喜欢。朱自清先生曾在《说扬州》一文中提到过，说是在茶馆里，先是有卖瓜子、花生的，接着写道："又有炒白果的，在担子上铁锅爆着白果，一片铲子的声音。得先告诉他，才给你炒。炒得壳子爆了，露出黄亮的仁儿，铲在铁丝罩里送过来，又热又香。"而上海的炒白果，有张爱玲在《道路以目》中这样描述："有一天晚上在落荒的马路上走，听见炒白果的歌：'香又香来糯又糯。'是个十几岁的孩子，唱来还有点生疏，未能朗朗上口。我忘不了那条黑沉沉的长街，那孩子守着锅，蹲踞在地上，满怀的火光。"

去年初冬在苏州，正是炒栗子、炒白果的时节。我恰巧住在观前街附近，随处可见这些现炒的小店。

买来吃是肯定的，炒栗子和炒白果是在同一家店买的，想看哪样好吃。炒栗子是桂花栗子，又香又甜，很好吃。遗憾的是文字里留下美好印象的炒白果，实际上并不好吃，没有又香又糯，吃起来很闷。不知是不是因为买的时候是冷的，使味道大变，但愿是这个原因，以至于我以后还有信心买来吃。

那两颗捡回来的白果，我轻而易举地就掰开了，果不其然，并未成熟，那层白壳还是软的，最里面的果实，是浅绿色，很嫩。

香蒜苗

　　上午去玉林菜市场买菜，刚上二楼，第一眼就看到蒜苗，也是本地的蒜苗，茎细嫩白，叶青碧，柔软，轻嗅有蒜香。差不多在立秋以后，香蒜苗就上市了。第一次买是用来做麻辣豆腐，牛肉末，郫县豆瓣，加上蒜苗，做出的豆腐味道非常好。当时看到香蒜苗是无比亲切，因为没有香蒜苗的日子里，我几乎不做麻辣豆腐吃。随着天渐凉，蒜苗越发长得好了，价格依旧很贵，三块多钱一斤。买了半斤后去买猪肉，做蒜苗炒回锅肉，这可是最地道的回锅肉。

　　我一直记不得香蒜苗真正上市的时节，有时会记成是春天，没想到正是这个季节。

　　蒜苗在别的地方好像叫青蒜。李碧华的一篇随笔里说"鸳鸯蝴蝶派"代表作家张恨水先生很爱吃回锅肉，他在自己的院子里种了青蒜，每当写小说累时，就摘了青蒜，将猪肉过水，加以辣酱，自己下厨做，美餐一顿后继续写。看来张恨水先生也深谙回锅肉的精髓。

蒜苗不仅是炒回锅肉和做麻辣豆腐不可或缺的配料，其他许多菜也是需要的，如水煮牛肉、炒芹菜等。我还喜欢把蒜苗切细用来炒水豆豉、炒泡青菜、泡萝卜等，都很下饭。当然，得用本地的蒜苗才行，一年中当本地的蒜苗下市后，外地蒜苗就会出现在菜市。外地的蒜苗茎粗叶大，毫无香气，差不多只有餐厅和伙食团买。

待蒜苗长到秋深时，蒜苗的新鲜感也消失了，这时候，就等蒜苗渐渐老去，到冬天长出蒜薹。等那细长青白的茎从蒜苗芯中抽出来时，成都一年中最阴冷的时节就到了，蒜薹会在春节前上市。现在对蒜薹与春节一同而来都没什么感触了，物质的丰富让人逐渐麻木。

小时候特别喜欢吃蒜薹，因为比较珍贵，只有春节时才吃得到。那时春节前几天，父亲就会去城郊的乡镇赶场，买回除夕做团年饭的菜，蔬菜印象最深的是韭黄和蒜薹。寒冷的天气里喜欢摘蒜薹，然后把那最末的一节用针和线串起来，像胡须一样戴着玩，满满的蒜香，那阵子小孩子都喜欢这样玩。

蒜薹也是要本地的才好吃，冬天炒回锅肉，因这个时节的蒜苗不好吃，但回锅肉却是随时要吃的，用蒜薹炒回锅肉也好吃。

想起以前住平房时惯常看到的情景，旧搪瓷盆中栽几根香蒜苗，很家常，很亲切。

糯米食

　　去文庙街的市图书馆，时常会看到门口的树荫下，有一对年轻的夫妻架着自行车在卖糍粑。从他们身边经过，会听到女人轻轻的吆喝声，我买来吃过一次，做得还不错，糍粑是糯米煮熟捣碎而成的。在街头卖糍粑，为了保温就把糍粑装在一个不锈钢的桶里，要多少切多少，之后放进装黄豆粉的簸箕里，把糯米团横竖划几刀，切成小块，在黄豆粉里和一下，放点儿白糖。转眼间，松软香甜的糍粑就可入口了。

　　有书记载，成都早年的民情风俗中，每年十月初一是牛王会，就要打糍粑。乡间牛角上有戴铁糍粑的习俗，那时人们就爱吃糍粑，分热糍粑和凉糍粑，凉糍粑只有夏天才有卖的。

　　小吃三大炮就是用糍粑做的。还记得小时去文化公园看花会和灯会，公园内就会有很多卖小吃的，卖三大炮的摊是最热闹的，很多人围着看制作过程。条桌上排三个小铜盘，一个撒满黄豆粉的大簸箕斜放在铜盘后面，师傅拿糯米团在几步开外处猛地投向条桌，"梆、梆、梆"三下，小铜盘震得直响，三个糯米团从桌上弹进簸箕里，糯米团裹上了黄豆粉，夹进碗里，再淋上红糖汁，撒上芝麻粉就可以了。

我从小就喜欢吃糯米做的食物。成都小吃中糯米做的食物很多，如珍珠圆子，多年前珍珠圆子店在东风路，曾去吃过，珍珠圆子既好吃，又好看。用糯米粉包成汤圆，里面放馅，在泡透的糯米中裹一下，使之沾上糯米，每个珍珠圆子上放一颗蜜樱桃，放入蒸笼里蒸熟，蒸熟后的珍珠圆子，沾在上面的糯米一颗颗洁白饱满，像珍珠一样，那颗蜜樱桃，红艳艳的。又如汤圆，两家名为"郭汤圆"和"赖汤圆"的汤圆店，区别不大，以前常去吃的是北大街的"郭汤圆"，汤圆粉子细腻，做的汤圆不大不小，有好几种心子，最爱吃黑芝麻心子。想起汪曾祺先生的一篇文章写了吃汤圆的事儿。有一年汪先生和同事来四川办事，同事被辣椒辣得受不了，一进汤圆店，就跟幺师傅说别放辣椒，么师傅白了他们一眼，说汤圆从来不放辣椒。

曾经还很喜欢吃窝子油糕，那是将糍粑捏成圆形，中间加一些豆沙，压扁，入油锅里炸，就变成"灯盏窝"，味道有些甜，很香。另一种用竹签子穿成一串串的，像汤圆那样炸出来的叫"糖油果子"。还有一种是咸味的方块油糕，也是我最喜欢吃的，方块油糕加了花椒，吃的时候，一不小心就被花椒麻一下。可惜以上提到的三样，有好些年没吃到过做得好的了。

糯米做的醪糟我也很喜欢。在寒冷的清晨，煮一碗醪糟鸡蛋，把糯米粉子捏成一小块，煮在一起，吃起来暖暖的。当然，夏天也吃醪糟，兑冷开水，放冰箱里。另外要知道醪糟喝多了也会醉人的。

读周作人先生的随笔《糯米食》，知道周作人也是很爱吃糯米的。文中说："用糯米煮饭搁白糖，我可以吃一大碗，比一顿饭的分量还多，旧友中间只有一个人可以算得我的同调，因此我这纪念糯米的小文，现在要找赞成人恐怕也就不可多得了吧。"糯米饭放白糖，曾经是我年少时的最爱，那时一放假，下午就在家蒸一碗糯米饭，放很多的白糖，这一吃下去，晚饭就什么都吃不下去了，那是一段令人怀念的时光。

黄辣丁

　　在"小众菜园"论坛看到东方明珠（孔明珠）的随笔《昂刺鱼和春笋》，这篇文章说到的两样东西，昂刺鱼这个名字有些陌生，后面的春笋我倒是很熟悉。尽管东方明珠把昂刺鱼的模样描述了出来，但我还是不知道是什么鱼。可能地理环境不同，上海有些鱼，成都不会有。后来看到有人回帖说昂刺鱼就是黄辣丁，我不由会心一笑，黄辣丁我当然知道，也很喜欢吃。而后又看了一遍主帖，看东方明珠的做法，她做的是黄辣丁烧豆腐，烧的是白味，想来味道应该不错。

　　黄辣丁我经常买来吃，以前没吃过，也没太在意。前几年看婆婆买回家，吃过发觉肉质细嫩，并且没有那些刁钻的小刺，便常吃了。在菜市场买的黄辣丁都是人工养殖的，几块钱一斤。后来听说野生黄辣丁很贵，要几十块钱一斤。野生的黄辣丁再没吃过，知道有些朋友有时会开车去新津吃，新津有大河，产野生黄辣丁。成都市内其实也有卖野生黄辣丁的餐馆，但都没去吃过。黄辣丁是无鳞鱼，有半尺长，滑溜溜的，但它两颊的刺却锋利无比，每次去买黄辣丁总是叫鱼贩把鱼杀好，尽管如此，回家清洗时一不小心也要被刺。

我认识一对从新津来成都做生意的夫妻，有一次去他们那儿买东西，那天他们刚从新津回来，就帮人带了几斤野生黄辣丁，我就想这黄辣丁那么小，一条条地怎么钓上来的，听他们说是当地人夜里捕的，并不是拿一根鱼竿那样去钓，而是在上百米的尼龙绳上扎上许多鱼钩，穿上蚯蚓，坐等黄辣丁上钩，最后收网。

说到我平时吃黄辣丁的做法，一般是把泡青菜和泡辣椒两样切碎，油热后把泡青菜、泡辣椒炒一下，搁点儿花椒，倒开水，煮开后放黄辣丁进去，中间加调料。黄辣丁下锅前用黄酒和盐腌一会儿。下锅煮很短的时间就熟了，因为鱼很嫩，稍不注意火候过了，就会从颈处头身分离。再则汤要多些，这样煮出来的味道泡菜味浓，微辣。有时也会做红烧黄辣丁，用郫县豆瓣、花椒等别的调料，起锅前再加豆腐勾汁。这样烧出来跟豆腐鲫鱼很相似。

　　我忽然想起前些年读汪曾祺先生的散文，曾看到过跟昂刺鱼相似的鱼名。立即翻出《汪曾祺散文集》，在《虎头鲨、昂嗤鱼、砗螯、螺蛳、蚬子》那篇文章中找到了。汪曾祺先生说的是昂嗤鱼，中间那个字有点儿区别，但仔细看来，应该是一样的，顶多区别在野生和人工养殖上，文中说："昂嗤鱼的样子也很怪，头扁嘴阔，有点像鲇鱼，无鳞，皮色黄，有浅黑色的不规整的大斑……这种鱼没有很大的，七八寸长的，就算难得的了。"这种皮色黄的黄辣丁应该是野生的。但好像以前他们那里没有人吃，所以汪先生说这种鱼贱，连乡下人都看不起。有一年，他在北京看到有卖的，无人问津。顾客都不识这是啥鱼，他就买了些，回家一做，味道大变，原来这昂嗤鱼是冰冻过的，肉质变硬，鲜味全失，大多淡水鱼都要吃得新鲜，黄辣丁也是如此。

辣　菜

　　翻阅潘富俊的《红楼梦植物图鉴》，书中一些日常的蔬菜很熟悉，如芥菜。书中说芥菜的品种很多，分为根用、叶用、茎用等。四川人称为青菜，有大片叶，用来做咸菜和泡菜的该是叶用芥菜。书上这样介绍芥菜："又名辣菜或腊菜，气味辛辣，在中国的栽培历史悠久。"说中国古时早已用芥菜辛辣的茎部制芥末酱。我认为可以做芥末酱的是其中的一种芥菜，这种可以做出芥末味儿的芥菜，我们叫辣菜或冲菜，是一种非常下饭的小菜。

　　辣菜的季节性很强，在成都唯有冬天才有。做法是很早以前我跟着婆婆学会的，做时主要用辣菜很嫩的茎，洗后先晾干水分。记得以前婆婆把洗净的辣菜用细铁丝穿起来，挂在阳台上晾干水分，然后切细，下锅炒的火候很关键，锅热后不加油，直接把辣菜放锅里炒，炒一会儿，待半生不熟时，铲起来搁碗里，用一张稍大片的菜叶放在炒热的辣菜上面，再倒扣一个小点的碗，让辣菜的热气不散发出来，大概这样几小时后就行了。把辣菜用辣椒油、白糖、盐、醋等调料拌起来，就变成美味的小菜了。跟现在吃芥末有同样的效果，并且有蔬菜的清香滋味。

如今每年冬天我也会做几次，遗憾的是没有卖做好现成的。很怀念小时候，那时就有做好的辣菜卖。记得那时每年冬天，清晨天还未亮的时候，街上雾气茫茫。总是还在床上就能听到卖辣菜的女子的吆喝声。声音在空巷缭绕，可以传几条街。早起的母亲就会叫住卖辣菜的女子，在屋檐下，借着屋内昏黄的灯光，买点儿辣菜。卖辣菜的几乎都是农村女子，背着背篓，辣菜装在搪瓷盆里，面上总是盖着好几层，最上面盖的是毛巾，下面有几层青菜叶子。母亲买了辣菜拌好，叫我起床，那时早晨都吃头天夜里剩下的饭，用开水煮后就是烫饭，辣菜下饭，吃完饭后就上学去。记得有许多年的冬天，都是这样的情形，后来再也没有卖辣菜的吆喝声了。

说起怀念过去卖辣菜的，想起何满子先生在《成都忆旧》一文中也写过辣菜。他在文中称辣菜为冲菜，称这种制法是成都特有的，文中说："冲菜，制成后加以醋、熟油辣子并稍加糖拌食，不仅鲜嫩爽口，尤以对鼻部的强烈刺激，予人以一种特殊的美感体验。如吃入嘴后立即吃口热饭，效果尤加；往往刺激得眼眶出泪，反觉过瘾。比起南北各地的辣白菜来，鲜脆各有千秋，而鼻感刺激大胜；比起芥末，鼻感刺激各有千秋，而芥末本身无鲜脆的味觉和触觉美，冲菜则兼有辣白菜和芥末两者佳处，可为'二难并'。"何满子先生念念不忘冲菜，在别的地方他吃不到，说有几年回成都，也没有吃到，感叹这样美妙的东西不该让它失传。

　　这几日在菜市都看到有这种菜卖了，只不过差不多都是叶。前两天我买了些做来吃，要略有滋味，还须稍待时日。

荞　面

　　很多年过去了，我还记得第一次吃荞面的情景。20 世纪 80 年代中期，地址在长顺下街。那时长顺街还全都是瓦房，是崇庆县（今崇州市）人开的一家荞面店，也忘了那是个什么季节。那时崇州市还叫崇庆县。我是第一次听说荞面，记得开张那天，非常热闹，第一次看压荞面，就觉得很有意思，实际上那次吃的荞面是什么味道，我一点儿都不记得了，唯记得荞面微苦。

　　因为荞面微苦，我并不太爱吃，所以很多年来也难得吃一次。最近一次吃荞面是前年秋天，那次路过人民公园旁的半边桥街，当时半边桥马上要拆了，在路口看到了一家荞面店，招牌打的是崇州老字号，是原青石桥荞面店，想着是老字号快拆了，那天就吃了一碗。还是喜欢看压面，那是把荞面和好后，放进一个模子内，然后手握一个长柄压下去。这个压荞面的模子下面是煮面的大锅，压出来的细细的面条，正好落进滚开的面水里，煮好刚好一碗，只不过跟以前不一样的是，模子由以前的竹制换成了铁模子，竹制的模子会发出"吱嘎"的声响，很有意思；铁模子就没有了声响，也就少了些趣味。

端上来的荞面颜色暗暗的，调料倒很火红，油亮的辣椒，有很多笋子，汤料是牛肉汤，有一点点牛肉。味道不错，我还是谈不上喜欢，如老板娘所说，这个荞面喜欢的人能吃上瘾，不喜欢的始终吃不来。她还说，来这里的中学生只喜欢吃酸辣粉，不喜欢吃荞面。跟我同桌的一个女子，就喜欢吃荞面，吃了一碗又一碗。

后来我才知道，原来很早以前成都人就喜欢吃荞面。在清人傅崇矩的《成都通览》里，荞面就是成都街市的普通食品，书中记荞面有"六文、八文，分大荤、小荤，有开铺者，有肩挑者"。如今，成都市内的荞面店几乎都打着崇州人的招牌开店。

川西坝子是有荞麦生长的，但没见过。应该很好看吧，北宋诗人王禹偁有《村行》写荞麦花："棠梨叶落胭脂色，荞麦花开白雪香。何事吟余忽惆怅？村桥原树似吾乡。"

甘蔗与荸荠

　　周作人先生有文《甘蔗荸荠》，说儿时绍兴"那里的水果多而且质朴"，并说"我至今不稀罕苹果与梨，但对于小时候所吃的粗水果还觉有点留恋"。他还有一篇《关于荸荠》说："荸荠自然最好是生吃，嫩的皮色黑中带红，漆器中有一种名叫荸荠红的颜色，正比得恰好。"

　　甘蔗、荸荠这两样水果，都是我喜欢吃的。如今的甘蔗跟小时候的比起，倒是好吃多了，都是广西、云南的紫皮甘蔗，想来成都是不产糖的地方，所以小时候觉得甘蔗既细又不是很甜。倒是记得那时男孩子常用甘蔗玩一种游戏，就是划甘蔗比赛，把甘蔗立起来，比刀法，一刀划下去，划到哪里，从哪里割断，若有我哥参与其中，我就会抱一包甘蔗吃个够。我曾经有好多年没怎么吃甘蔗了，再喜欢吃大概是前年春节开始的，那年春节我们在绵竹亲戚家玩儿，姐姐说侄女能一口气吃一根甘蔗，让我大吃一惊，心想肯定是好吃，侄女才会那么喜欢，后来我们在绵竹街头买甘蔗，尝后方知果然跟以前吃的不大一样，泡、甜、水多，舌头也不会起泡。以前卖甘蔗是刮去那层薄薄的皮，现在是直接削去皮，再砍成一长节，当然不如周作人先生在《再谈甘蔗》一文中说的那么细致，他故乡的水果店会把甘蔗用铡刀切成一寸左右的短节，若这样吃下来，倒少了一个过程，就是啃的过程，不过这法子适合小孩子。

荸荠也常吃，清甜爽口。我经常在逛街时饿了，就买一袋削过皮的荸荠来吃。以前觉得削皮是一件烦人的事儿，削的时间比吃的时间还长，这些年成都街头卖荸荠的，会把皮削了来卖，方便了很多。荸荠念起来很不顺口，因为四川人从来都把荸荠说成是慈姑，其实慈姑又是另一种植物了，我们叫白慈姑，书中也叫茨菰，颜色青白色，曾与鸡炖过，汤还可以喝，炖好的白慈姑味道略苦。

荸荠有生吃和煮来吃两种方法，我一直喜欢生吃。

小时候却常吃煮过的，母亲听说煮荸荠吃了好，就经常煮，煮过的荸荠味道淡淡的，没有生的那么甜脆。其实四川煮荸荠是不多见的，从书里读到这是江南冬天的小食。

在张爱玲的小说《半生缘》中有煮荸荠，归有光的散文名篇《寒花葬志》中也有。

猪油香

中午去锦绣路买菜，顺便逛逛书店。在书店不知不觉中时间过得很快，书一本没买。从书店出来，隔壁就是菜市，我买了青笋尖，想要做麻酱凤尾。买肉时看到柜里的板油，才想起家里猪油快没了，就买了两斤多，厚厚的油，看起来不错。

回家后把板油上面的一层膜撕掉后，再切成块，这样熬出来的油渣才好吃，只是稍微费事些，弄得满手都是油。之后，把切成块的油放炒锅里，微火慢慢熬，放几粒花椒，几片老姜，加点儿水。任猪油在锅里先由水把杂质煮出来，之后就开始出油。炼得一锅黄澄澄的油，油渣轻浮在上面，满屋的香，好的板油，最后的油渣剩得越少越好。我特别喜欢看油熬好冷下来凝固后的白色。现在很多人都不吃猪油，说是吃了不好。但在我家猪油好像就从来没缺过，煮素菜汤、吃面，猪油是必需的，有时炒菜也需要。袁枚的《随园食单》里说炒青菜须用荤油。炒土豆泥，我一般都用猪油炒，起锅时放些葱花，非常香。《随园食单》还有一道猪油煮萝卜："用熟猪油炒萝卜，加虾米煨之，以极熟为度。临起加葱花，色如琥珀。"

如今，猪油退出了我们的日常生活，也许真的好多人都不吃猪油了。张小娴在《友情的猪油》里写："深夜两点钟来到'猪油捞饭'吃夜宵，本来没什么心机，但是一边吃一边听蔡澜说笑话，忽然觉得，有朋友真好。只要挨一点儿苦，就有很多朋友关心你，甚至愿意熬夜陪你吃夜宵，说笑话给你听，本来怕胖，感恩图报，也吃了小半碗猪油捞饭，吃的是友情。"我不知道"猪油捞饭"是什么样的饭，不过想起小时候爱吃的猪油饭，吃猪油饭都不是常有的事，20 世纪70 年代的油是很金贵的。印象最深的是，有一次我生病，母亲允许吃猪油饭，刚起锅的饭，放猪油和酱油，和好非常好吃，感觉生病都值得。

从小就爱吃油渣，猪油渣要趁热吃，记得以前还撒些白糖和着吃。现在猪油渣也不会扔，只要把板油那层膜撕掉我就会吃。当然是吃不了多少的，余下的吃面时会放进去。

儿 菜

龙泉的桃花开了，很多城里人赶去龙泉，看桃花，晒太阳。我没去赶这个热闹，也不想去。我守在家里晒儿菜，真是老天不负有心人，到周日傍晚，儿菜已被太阳晒得失去了水灵灵的嫩色，蔫巴了，有些都薄如纸了，手指触摸，听得见窸窸窣窣的声音，那是晒干后才有的声音。

儿菜是芥菜的一种，正儿八经的名字应该叫薹芥菜，或芽芥菜，有时我们也叫娃娃菜。这个叫法大概是因为跟它的生长有关系，因为儿菜是由一个大菜头长出来的，一个菜头上面长了不少很嫩的小芽。儿菜刚上市时是冬天，切成薄片炒来吃，或者泡，煮汤都好吃。到春天时，有时会腌来吃，用盐腌，如同腌青菜，做好后可以放好几个月。

想起做儿菜是周五那天下午，那天天气也是很好，我从市社保局办完事后回家去买菜。看到有一家菜店的儿菜很便宜，才两毛钱一斤，其他地方都是五毛钱。想到这些天都是好天气，儿菜又便宜，就买了八斤，回家后把儿菜洗净，切成片儿放盆里，一层层撒盐，这样会很快腌出水，到了晚上，盆里的儿菜都被腌出的水泡着了，滗掉水，待第二天晒。从那时开始，我就盼望周末天晴。腌儿菜跟腌青菜有些区别，一定得要太阳晒两天，不然肯定会坏掉。这个教训曾经有过，前几天在医院里，跟姐姐说起腌儿菜一事，她就说有一次从郫县（今郫都区）回城，路过一家蔬菜批发市场，看到儿菜便宜，就买了好多回厂。头天与厂里的员工辛辛苦苦地切出来，用盐腌好，第二天天气就不好了，没有太阳，结果腌过的儿菜没有晒就坏了，只有倒掉。而成都的春天天气往往变化不定，晴天时有时无，这个时候，就会怀念北方的春天，每天都是晴天，很适合做腌菜。

周六早上，我在阳台上拴了两根绳子，把儿菜一片片地挂上去。那天有太阳，有风。到傍晚时就差不多干了，要全部收进屋，怕夜里的湿气。周日早上太阳还没出来就晒了出去，天气预报说有太阳。这一天晒下来，就可以装进坛里。儿菜好吃是因为很脆嫩，腌过的儿菜，用开水泡过，依旧会保有原来的脆嫩，可以用来炒回锅肉，做小菜很下饭，把开水泡过挤干的儿菜，切成短节，用熟油辣椒、花椒和白糖拌起。这个腌儿菜是十年前我跟婆婆学的，婆婆的很多做小菜的手艺我没学到，只有这样学会了。腌儿菜也不是年年做，主要是看天气，有时也看心情。曾经有两次头天腌好，晒时却是阴天，晒不干，只得倒掉，那是非常沮丧的事。

儿菜晒干后，周一开始晒青菜，这两天天不好，灰蒙蒙的，腌的青菜也没有干，不过腌青菜不会坏，所以不用担心。

茭笋炒猪爽肉

在图书馆借了本《蔡澜谈吃》，看到近一半，终于有一道菜可以一试了，那道菜叫"茭笋炒猪爽肉"，什么叫猪爽肉，继续看下去，原来就是猪头肉。茭笋，或称茭白，常常在书中看到，一直没明白到底是什么菜，在网上一搜索，图片出来后才知道，原来是平时常吃的菜，是我们四川叫的高笋。

这个叫作茭白的菜，明代文震亨在《长物志图说》的蔬果部中曾提及，前些日子曾翻到过，当时就疑心是高笋，但这项下没有配图，就不敢确定。书中说："茭白，古称雕胡，性尤宜水，逐年移之。则心不黑。池塘中亦宜多植，以佐灌园所缺。"下面注释说"黑"是"茭白花茎经菰黑穗菌寄生后，组织膨大而带黑点"。想起每次买高笋就怕买到里面带黑点的，有一点点还没什么，多了就没法吃了。

看蔡澜说的"茭笋炒猪爽肉"的做法，两片卤水猪耳，只用软骨最薄的那三分之一切丝，再来左右两片面颊，片成薄片。茭白横切成片。先下猪油，把猪头肉爆一下，再放茭白下去炒，炒至半熟，淋上上汤，上盖，焖个一两分钟，即能上桌。

《蔡澜谈吃》这本书里所写的菜绝大多数与我们四川的家常菜相差甚远。而这两样，茭白与卤猪头肉，分开来说，都是常吃的菜，只是做法不一样。高笋长得白白嫩嫩，样子水灵，炒来吃也很鲜嫩。平日里我们一般切成片或丝，用泡辣椒炒肉或素炒。而卤猪头肉，一般在卤肉店切片拿回家就吃。店里附送一小袋辣椒面。近年听说有些餐馆用卤猪头肉炒回锅肉很好吃。于是就常常用卤猪头肉炒菜，加了蔬菜进去，至少吃起来没那么腻了，炒过蒜苗、辣椒和芹菜，也好吃。《蔡澜谈吃》中的"茭笋炒猪爽肉"做法简单，值得一试。

红 苕

入夏以来，早晨有时会煮红苕稀饭。红苕主要分两种：红心和白心。红心甜脆水多；白心也甜，比较粉，水分少。

红苕记得小时候吃得多，隔三岔五就煮着吃，家里随时都有。煮稀饭、干饭，或水煮都吃过，大约是小时候吃伤了，后来有相当长的时间我根本不想碰红苕。也不知是从什么时候开始的，冬天街头卖烤红苕的多了，一闻着香就想吃，其实闻着烤红苕的香远远比吃起来还香。这种红苕的吃法大概就是车前子说的白吃，他有一篇文章叫《山芋的白吃、甜吃与咸吃》，山芋也就是我们四川说的红苕，红苕的称呼相当多，各地叫法不一样，如地瓜、白薯、红薯、番薯等。

说起甜吃，想起两样做法：一是赵珩先生的《老饕漫笔》里，有一篇《蜜汁红苕》的做法想来肯定好吃。这蜜汁红苕是赵先生在徐州吃的，文中记做法："是用经过风干的红苕上锅蒸熟，去其皮，捣烂，用上好的香油文炒，炒时切不可以加糖，保持红苕的原味儿，炒如泥状入盘，另勾桂花糖荚，覆其上即可。"这种做法其实也简单，只是桂花糖无处可找。

二是车辐先生写的红苕的做法，这就是本土的做法，只不过现在已经失传了。那是成都早年花会上的小吃，叫溜煮耙红苕。文中写道："选红心子南瑞苕，大小匀称，每根四五寸，去皮排列于大铁锅中，溜以红糖、糖清、清油，使其满锅红苕色彩红润发亮，如玛瑙排列，入口细嫩而甜，似冰糖肉泥一般。"车辐先生说这种方法应是当时所有红苕做法中最高级的一种。这种红苕我觉得比上面的那种还好吃。而咸吃有一种就是粉蒸肉，红苕做底子，这种吃法我常做，红苕比肉好吃。

想起前年在苏州吃的烤红苕很好吃，如今回想苏州的小吃，大多数都是甜蜜的感觉，如桂花炒板栗、枣泥麻饼，都是我喜欢吃的。还有观前街一家小吃餐厅的酒酿丸子也好吃。

蔡澜、李碧华的书中有写到番薯糖水，一直好奇番薯糖水是怎么做的，网上一搜索，才知做法很简单：番薯切块，加冰糖煮二十分钟即可。这让我想起小时候喝的煮红苕的水，也甜，只是那时我们没加冰糖而已。

苦瓜的吃法

　　昨天出伏，气温较前几天略微降了些，一早一晚有了秋的凉意，白天太阳虽然还是炽热，但有风，很干爽。

　　这几天，明显感觉阳台上的夏花开始减色了，凤仙花已不怎么开，蒴果结在枝上我也不管它了，开花不久后就开始收花种，花种这东西，多了也无用，到了后来，就任成熟的蒴果爆裂，清晨在阳台上擦地的时候，就时常看到到处都是褐色的小小的种子，有的落到旁边的花盆里，不久，那些花盆里又长出凤仙花的小苗来，我想大概也长不大吧，毕竟属于凤仙花的时节已过去了，天还这么热，却有了"红衰翠减"的秋意了。

　　在"小众菜园"论坛，看东方明珠的《厨房乱弹》，有一篇《苦瓜几吃》，文中苦瓜的吃法有凉拌苦瓜、苦瓜炒鸡蛋、酿苦瓜、干煸苦瓜、苦瓜汤等。除了苦瓜汤，其他的做法我都吃过。

说起苦瓜，我小时候是不太喜欢吃的。那时的做法一般就是青椒炒苦瓜。我还记得十岁左右的夏天，站在家门前的潲水桶前，把剖成两半的苦瓜，剥去红红的瓤和籽。因为不喜欢吃苦瓜，小时候挨了母亲不少骂，说我嘴刁。长大后，对苦瓜也谈不上特别喜欢，婆婆去世前几年，患了糖尿病，苦瓜是那几年夏天的必备菜，最常吃的就是酱烧苦瓜，我吃了几次，还是觉得不好吃。

今年夏天吃苦瓜的次数比往年多了，是看了报纸上说夏天吃苦瓜的好处，吃的方法也就两三样，诸如苦瓜炒肉末、青椒干煸苦瓜和苦瓜烧肉。青椒炒苦瓜是最家常的菜，把青椒丝和苦瓜片分别在锅里干煸，再在锅里放油一起炒，青椒的辣味和苦瓜淡淡的苦味交织在一起，是很下饭的菜。苦瓜烧肉是今年我才学着做的，把带皮的五花肉，切成小方块，先在锅里炒，煸出油，皮略焦时，放几粒花椒，酱油加水烧，把苦瓜切成一寸长、半寸宽，待肉烧得快熟时把苦瓜放进去。这道菜不是很下饭，但吃惯了还是好吃。

秋风起，莲藕香

今天处暑。吹了一夜的风，从凉吹到冷。早上看天灰蒙蒙的，下着细雨，室内气温有二十六摄氏度，好像都可以穿长袖了，清晨六点醒来，细听阳台上传来的虫声，终于听到了两种不同的声音，心略微放下了。

为什么有两种虫声？事情得从昨天早上说起。昨天早上收拾卧室地板上的报纸时，看到了一只藏在报纸下的蛐蛐，颜色跟那天放在阳台上的一样，但更小，我以为是没长大的。去抓时跳得好高，终于还是抓到了。我百思不得其解，它是从哪里来的？后来我想可能是从顶楼上蹦进来的。那晚风也大，一夜没关窗。我们楼上就是顶楼，上面有个屋顶花园，好像楼上人家的花园还很葱郁。其实我已不是第一次在卧室抓到蛐蛐了，去年抓到过两次，当时也没想到放在花盆里，抓到后就扔到楼下去了。昨天抓到后，我就放在了花盆里，看夜里能不能听到声音。

阳台上早就有只蛐蛐，每天天黑以后就开始低声吟唱，那声音跟楼下草丛里的虫声还不一样，声音拖得长长的，所以说是在吟唱，昨晚我特别注意去听，听到短促的"唧唧唧"，这就是我早上抓到的蛐蛐声，这声音跟楼下草丛里的虫声一样，后来就听到先前那只的声音了。去阳台上看，声音从两个角落传出来，两种声音听起来都好听，我说是"双声"。晚些时候，只听到先前那只蛐蛐声了，另一种声音没有了。我怀疑是不是两只虫打架，早到的把晚到的赶跑了，直到夜里十一点多睡时都没听到"唧唧"声，所以今早再听到"唧唧"声，心头一喜。

上午去买菜，这些天看到藕渐渐多了，就想起买来炖排骨。入秋后，感觉天气干燥，这时吃莲藕正好，炖的藕我喜欢买红花藕，粉粉的，而白花藕再怎么炖，都是脆的。只是我根本没法区分红花藕还是白花藕，每次买时都要问半天。藕除了炖，有时也可切成薄片炒来吃。还有一种吃法我很喜欢，就是桂花糖藕，以前成都没有，几年前在玉林菜市，有一家卖上海菜的有桂花糖藕卖，吃过一次就喜欢。做法是把糯米灌入藕孔中，蒸烂后切成片，然后浇上有桂花味的糖汁，天冷的时候，蒸热吃，好吃极了。这桂花糖藕我没做过，挺麻烦的，单那桂花糖就找不到。

菜籽、糖藕、葫芦

　　周六上午，收到了水小水同学辗转托人带来的蔬菜种子。那天上午在收发室拿到鼓鼓的信封，就迫不及待地拆开看有哪些种子，一共四种，其中三种包着，写上了名字，除了油菜籽我见过，别的都不认识，它们是香菜、油菜、葱，有一样没有包，样子长得有点儿像花生，后来看到水小水同学发的短信，才晓得是萝卜种子。头天水小水同学在短信中说，民间有"七月葱八月蒜"的说法，这个时候是撒葱种的时候，寻思着把葱种在哪里，又没有多余的大花盆，最后只得把一盆胭脂花给拔了，把盆里的土铲松，铺了些油枯在下面，撒上些葱子，没敢全部撒，怕多了。别的种子，暂时搁一下，待把花盆和土买回来再说。在花盆里种菜，并非真的是想种来吃，只要是植物，看着欣欣地长起来，就是令人高兴的事。

昨天下午下了雨，秋天遇雨就凉。下午没事就在家蒸糖藕，孩子特别喜欢吃这个，两节红花藕，糯米上午泡起，先把藕表面刮干净，切下一头装糯米，这是我第二次蒸藕，第一次蒸的时候，没有经验，糯米放多了，又是筷子，又是毛衣针的，结果蒸出来的米是夹生的，后来切成片又蒸，糯米这才熟。昨天装米时我没用别的，就扭开水龙头开细细的水，把米一点点地放在藕上，用水冲下去，结果意外地好，蒸了两个多小时后切开看，糯米的熟软程度刚好。结果昨天的两节糖藕全部吃完了，今早孩子说还想吃，所以我去买菜的时候，又买了两节红花藕。今天的这个藕更好，圆圆胖胖的，孔大，装了更多的糯米，其实我喜欢吃的无非就是糯米。

　　周作人先生的《儿童杂事诗》写"藕粥"这首小诗是这样的："漫夸风物到江乡，蒸藕包来荷叶香。藕粥一瓯深紫色，略添甜味入饧糖。"钟叔河先生在这首诗的笺释中说北京也有蒸藕，文中引张次溪《天桥志·天桥吃食》中的蒸藕："江米藕者，以江米入藕孔中，蒸烂后，沿街叫卖，切成小片，蘸白糖食之，售此者多清真教人。"这蒸藕北方有之，江南亦有之，四川早先不知有没有，但我没见过。

今天买菜的时候在花摊上看到有葫芦卖，想起葫芦里应该有葫芦种子吧。虽也喜欢"瓜棚豆架雨如丝"这样的意境，可是没有栽种搭架的地方，不过栽葫芦挺好玩儿的，摊主说待葫芦干了，摇动听得到响声，就可以切开，把籽取出来。我拿着沉甸甸的葫芦，摇了摇，闷闷的，听不到什么声响，三块五买了一个，拿回家挂在阳台上，让它风干。

荷叶粉蒸肉

我有两年没做过粉蒸肉这道菜了。原因其实很简单，老是觉得粉蒸肉很油腻，有时会蒸排骨，其实最喜欢的是小笼粉蒸牛肉，这个就只有在外面买来吃，附近有家叫皇城牛肉的饭店，蒸菜味道不错，店外白天放着叠得老高的竹制小笼蒸肉，蒸的是牛肉和羊肉。想吃时就买一笼，用饭盒装好，上面还要撒几根香菜。

以前在城里跟公公、婆婆住一起，家里人多，老人们爱吃蒸菜。婆婆很会做蒸菜，随时都在做。记得粉蒸肉可以用很多菜打底子，如红苕、苕菜、土豆、豌豆、青豆等。对我来说，再好吃的粉蒸肉，顶多吃两片，我更喜欢吃下面的菜。

想着粉蒸肉，忽然就想做来吃了。开始想到用红苕做底子，后来想起了荷叶粉蒸肉，也是很久没吃过了。这个时候，正好有新鲜的荷叶，还有青豆没有下市。然后我就去找菜谱，粉蒸肉是做过的，但是荷叶粉蒸肉没做过，怎么做不清楚，应该用些什么调料也记不清了。运气比较好，一下子就把两本十几年前买的菜谱找到了，《大众川菜》和《家庭川菜》，想起平时找书难上加难，想找什么书，偏偏是找不到的。这两本书非常实用，重复的菜几乎没有。所以，荷叶粉蒸肉也只有一本书中才有，翻到书中的荷叶粉蒸肉那页，写得详细，需要的材料，普通的有姜、葱、花椒，比较特别的有醪糟、豆腐乳汁、红糖和甜面酱。菜市买了荷叶、偏瘦的五花肉、醪糟、甜面酱、青豆、豆腐乳及米粉。现在的米粉里也加了调料，如花椒、盐、五香粉等。

因为蒸菜的时间较长，很早就开始准备。把那本《大众川菜》拿到厨房里边看边做，照书中所说，荷叶切成几块，先在开水里煮一下。调料弄好，把肉和好，再加米粉、青豆。然后两片肉中放几粒青豆用荷叶包好，蒸了一个多小时，荷叶的气味全融入粉蒸肉里，第一次做还是挺好吃的，青豆特别好吃，下次再做已想好了，用荷叶蒸排骨，多放青豆。

泡萝卜

　　每年初秋开始，我经常买红皮萝卜，天凉后的萝卜比夏天时的好吃多了，这种红皮萝卜都带有萝卜缨，萝卜缨无论泡来吃或炒来吃都很下饭。我买这种萝卜来泡洗澡泡菜[①]，所谓洗澡泡菜大概是四川人特有的叫法。泡的时间根据各种蔬菜的质地决定，长的是一天一夜或更长时间，短的就只需一两小时，恰到好处把蔬菜泡熟，泡菜的当然是盐水。

　　因为常做，泡菜的时间掌握得也差不离了。萝卜买回家，洗干净，把萝卜缨切下来。萝卜切成片，把水晾晾，再放入泡菜坛里，我一般都只泡两小时，这时的萝卜片半生半熟，捞起来，有一两次把时间忘了，第二天早上才想起，赶忙捞起来，萝卜已经被盐水腌

---

① 洗澡泡菜又称四川泡菜。

透，很咸。半生半熟的萝卜有两种吃法：一是切成小块，拌上熟油辣椒和味精吃，这种吃法在饭馆里常见，小时候我喜欢这种吃法，现在吃辣椒少了，就常常把萝卜切成小丁，用油和干辣椒在锅里炝一下。这种炒泡菜的方法，在冬天时我还喜欢炒泡青菜，青菜泡的时间略长，需一晚上。还有一道菜是比较有名的，叫烂肉豇豆。泡豇豆，时间也是一晚，第二天捞起来切细，与肉末一起炒，有青辣椒时放几根切碎的辣椒。炒泡萝卜、泡青菜和泡豇豆共同的特点就是很下饭。

二是萝卜缨。吃萝卜缨的人好像并不多，因为卖萝卜的菜贩，很多都要把萝卜缨切了扔掉，看着很可惜。我就觉得萝卜缨好吃，偶尔会遇到萝卜缨长得特别好的，上面还有绿叶，很新鲜的样子。把萝卜缨洗干净切成丁，用盐腌一下，再用油炒，炒时放干辣椒，加一点儿醋，也是很好吃的下饭菜。

去年冬天我还买过胭脂萝卜，多好听的名字，小小的，以前从来没买过，从内到外都是红的。买的时候，卖菜的说这种胭脂萝卜是用来泡坛的，盐水会被染成红色，而且对盐水有好处，我就买了几个放进坛里，不久坛水就被染成了淡淡的红色，泡进去的青菜也抹了一层红。至今，算来快一年了，那个坛里的盐水还是红色的。

青椒皮蛋

　　朋友送来一袋皮蛋和盐蛋，一看到这两样，我就想起端午节了。往年这个时候，都过了端午，今年（2007年）端午节是6月19日。还有二十来天。晚饭就剥了几个皮蛋，外加一个盐蛋。没有青椒，皮蛋只得将就用生抽拌来吃。本地最经典的吃法就是青椒拌皮蛋，青椒要二荆条，剁细，加盐，用热油淋上去，把皮蛋切瓣，加酱油拌一起就行。还用一种做法就是把青椒在火上烧过，撕成细条，加菜油与皮蛋一起拌，烧过的青椒特别好吃。

　　皮蛋家人喜欢吃，那个盐蛋只把蛋黄吃了，蛋白很咸，没人吃。每年端午的盐蛋，总是没人吃，到最后我只得扔掉。我真想用盐蛋换皮蛋，如果可以的话。我知道这是不可能的，现在的想法就是找一找有没有用盐蛋的蛋白做的好吃的菜。说起盐蛋换皮蛋，小时候就这样干过。都上小学了，我还没吃过皮蛋，家里没买过，盐蛋倒是有，有一次到一个同学家中玩，第一次看到皮蛋，就很想吃，想尝尝是什么味道。想吃又开不了口，虽年龄小，还是懂事了。那时蛋不像现在很普通，唯一想得出来的办法就是用盐蛋换，果真同学就答应了。都忘了第一次吃皮蛋是什么味道，反正回家是挨了一顿骂。

说起皮蛋，我就想起了松花皮蛋，朋友送的皮蛋不是松花皮蛋。婆婆老家绵竹的松花皮蛋很有名，十几年前，端午节时，老家总是要送松花皮蛋来，后来到处都买得到，也就不稀罕了。盐蛋的做法我一直是知道的，而皮蛋的做法我至今不明白，怎么就变成那样了呢？而松花是怎么形成的我也不清楚。

周作人先生译的《如梦记》中，收有日本汉学家青木正儿的《中华腌菜谱》，里面曾写到皮蛋，看青木正儿对松花的猜测觉得好玩儿。这节较长，连皮蛋的做法都有，就抄下来吧："皮蛋一名松花蛋，在日本的中华饭馆也时常有，蛋白照例是茶褐色有如果冻，蛋黄则暗绿色，好像煮熟的鲍鱼的肉似的。据说，是用茶叶煮汁，与木灰及生石灰、苏打同盐混合，裹在鸭蛋的上面，外边洒上谷壳，在瓶内密封经过四十日，这才做成。""不晓得是谁给起了松花的名字，真是名实相称的仙家的珍味。北京的皮蛋整个黄的，不是全部固体化，只是中间剩有一点黄色的柔软的地方，可以称为佳品。因此想到是把周围的暗绿色看成松树的叶，中心的黄色当作松花，所以叫它这个名字的吧。"看来青木正儿并没有真正看到过松花皮蛋，所谓松花，是在透明的蛋白中嵌着一朵朵清晰的松叶状结晶花纹。其实松花的形成无非是腌制过程的化学反应。

栗香

栗　香

　　雨终于停了。雨是节前就开始下的，断断续续地下了有一周多时间了，上午天还是阴着，灰雾蒙蒙的。打扫阳台，看到四季桂又要开花了，好多淡白的花骨朵，密密麻麻的，闻得到淡淡的花香，出门时忽然想起去看园中那棵金桂，是否又开花了呢？果不其然，枝上又缀满花骨朵，感觉这次花好像比上次的花要稍大些，估计明后天花就会开。

　　去锦绣路买东西，这些天过节街上很清静，街头小商小贩依旧有，成科路口的糖炒栗子小摊也在，远远地就看到了青烟袅袅。称了半斤栗子，这是这些天第二次来买炒栗子，小摊置一蜂窝煤炉，一口炒锅，锅中是黑色的砂子和栗子，摊主不停地用铲翻炒，炒好的栗子用泡沫做的盒子装了起来，还是很保温的，栗子都很烫手。顺便问炒栗子是否要加糖水，回答是肯定的，怪不得栗子粘手。栗子称好后用纸袋装好，我边走边吃，栗子很烫，纸袋很暖，热栗子很好吃，阴冷的天吃炒栗子最舒服。前一阵子天还比较热的时候，就有炒栗子卖了，那时一点儿也不想吃。大前天天颇阴冷，半下午时在锦绣路上的美发店陪人剪头发，无聊之极翻完了一本厚厚的杂志，寻思着怎么打发时间时，就闻到了不知从何处飘来的炒栗子的气味。后来回家就在成科路上买了今秋的第一次糖炒栗子，这个小摊的栗子不错，居然没吃到一颗坏的。

　　说起闻到炒栗子的气味，其实在成都街头闻的气味并不香，若说香的话，当然也得好吃，是在苏州，有一年初冬我在苏州，住在观前街附近一条小巷，小巷很窄，几步之外就是繁华的观前街，怡园、曲园都不是很远，离宾馆不远，就有一家炒栗子店。那炒栗子的香味中有我喜欢的桂花香，远远就闻得到，非常诱人，栗子也好吃，苏州卖的栗子个头儿并不大，味道比较甜。有那么几天阳光很灿烂，天很蓝，风吹起来也有些冷，吃着又香又糯的栗子晒太阳是件很温暖的事。

北方的糖炒栗子也好吃。去年冬天在北京，文慧园路上有一家炒栗子就特别好吃。之前我去香山，那条通往香山脚下的街上有很多炒栗子的店铺。这里的炒栗子比较便宜，好像是六七块钱一斤。从香炉峰下来后，我就买了一斤，很难吃，坏的也多，我曾发誓在北京再也不买糖炒栗子吃了。过了几天，在京办的事情有了转机，心情也好了起来，没事在索家坟那一带闲逛，就在文慧园路上看到这家炒栗子店。看到店外等的人多，栗子的价钱也贵，好像是十几块钱一斤。我心想，贵也有贵的道理吧，就试着买了点来尝，果不其然，非常好吃，又甜又糯，之后，我就成了这家店的常客，住的地方又近，经常天黑后在寒风凛凛中来买栗子。我不买冷的栗子，就经常在那里等现炒的栗子，然后捧着暖和的纸袋子回住地。

昨晚翻邓云乡先生的《旧京散记》，有一篇《说栗》，说北京栗子的优点在于又甜又糯，这个是真的。近两年本地卖的栗子，大多打着云南栗子的招牌，栗子还是不错，就感觉不怎么甜。《说栗》一文中摘了一节郝懿行的《晒书堂笔录》，我在周作人先生的随笔中也曾看到过这段："余来京师，见市肆门外置柴锅，一人向火，一人坐高兀子，操长柄铁勺频搅之，令匀遍，其栗稍大，而炒制之法，和以濡糖，借以粗砂，亦如余幼时所见，而甘美过之。都市炫鬻，相染成风，盘饤间称美味矣。"清代炒栗子的方法，跟我看到的街头炒栗子的方法很相似。

秋风起，莲藕香

莲藕记

　　有一些日子没炖藕了，昨天上午去买菜的时候，就想买几节藕来炖排骨。去的那个摊位，是我上次买莲蓬的那个大姐的摊位，她只卖藕一样。有一次看她空闲跟她聊了几句，原来她自家在郊外有藕塘，老公在家养藕，她在菜场卖。早上老公开车送她和一天卖的藕来，下午又来接她。有时下午早早藕就卖完了，偶尔我下午过来，摊位都是空的。自从买了莲蓬后，我买藕就认准她这里了，也就从来没把藕买错过，买的红花藕都是她选过的，特别好。我很喜欢她一脸和蔼的笑容，昨天是星期天，菜市场的人很多，买藕的人也多，人稍稍少些时，她就看到我了，说有一阵子没看到我了。选了三节长得很好的藕，一称下来竟有三斤多。我知道多了，但想到可以炒来吃，也就算了，后来又买了些蔬菜和水果。

回家后，我把买的梨子削了皮准备煮水，加冰糖，秋天了很干燥，梨子水可以清热养肺，润燥。正要煮的时候，我忽然想起何不加些藕在里面，记不清是在哪里看到过，想想藕本身秋天吃了就很好，把藕切片与梨一起煮，略微加点儿冰糖，很好喝。

午饭时，我切了一节藕片，藕片切好后，用水把淀粉冲干净，加泡辣椒炒，起锅时放几节香葱，炒的藕片又嫩又脆。午饭后，在厨房看到太阳出来了，很惊喜，收拾好一点过，就想出去走走，半个多月没看到太阳了，最近的好去处只有华西医大。沿人民南路往北走，二十多分钟就到了林荫街。路上看到街边花坛的芙蓉葵，花谢后已结果，看了半天都没有成熟的，想摘种子未果。

从林荫街进华西医大是我常走的路，进门有保健医院，顺路走不远，就是桂苑。路旁一排曼陀罗开得轰轰烈烈，满树大朵大朵的白花。桂苑内桂树枝丫间挂满了残花，已闻不到桂花香。银杏叶在渐渐泛黄，阳光淡淡的，照着也很温暖。绕过钟楼，老远就看到旧楼间的芙蓉，开得很好，花大朵，这里的芙蓉品种单一，都是重瓣，我还是喜欢单瓣芙蓉花，简洁。特意拍了两张教学楼的照片，这些 20 世纪二三十年代修建的华西老建筑，建筑风格中西结合，也就是这种风格，曾被梁思成先生在 20 世纪 30 年代撰文批评，除了华西医大，还包括北平协和医院、燕京大学、南京金陵大学等。但过了近二十年，在 20 世纪 50 年代，梁先生又指导在北京城修了许多这种类似风格的后来称为"大屋顶"的建筑，之后又为此遭批。这些天在看王军的《城记》，关于梁思成先生与北京城市规划建设的许多往事，非常多的图片，有很翔实的资料，看了近一半，令人感慨。

看了芙蓉，我往回走，是从大门出去的。沿人民南路走，路上不时有卖水果、小吃的小贩，有蜜橘、红提、柚子、白麻糖和空心糖等。空心糖我是特别想买来吃的，我原以为空心糖外面黏着的该是白芝麻，结果仔细一看却不是，也不知是什么，细细点点的东西，不是芝麻我就不想吃了。到家近四点，就这样走了两小时的样子。

从《马上日记》到柿霜糖

柿霜糖到底是什么，其实我也不知道。只因这两天无意间在两本书中都看到它，就忽然很好奇了。我是喜欢吃柿子的，打小就喜欢。小时只要稍微有些咳嗽，母亲就会买几个柿子给我吃，说是清热的。柿饼也爱，新鲜柿子下市后，我就开始吃柿饼。以前的柿饼跟现在还略有差别，那时本地卖的柿子品种较单一，柿饼当然也就只有一种。跟现在卖的柿饼不太一样。我那时爱吃的柿饼比较小，面上有一层白白的糖霜，至今我都没弄清楚那是什么。一个个柿饼用麻绳拴着，提起来一串串的。柿树我只在北京见过，冬天的时候，树叶已落光了，唯见一个个火红的柿子挂在枝上，非常好看。

要说柿霜糖，还是先从鲁迅先生的《马上日记》说起吧。说起鲁迅先生的日记，其实先生真正的日记是不好看的，我有一大本，日记枯燥得很，就如先生自己所说："写的是信札往来，银钱收付。"还有看房、买房的事等。去年我写八道湾，就在日记中查到过，先生有好几个月时间都花在看房、买房上了。这篇《马上日记》，是先生为刘半农先生的《世界日报》副刊写的。我以前没仔细读这篇日记的时候，看到《马上日记》这题目颇为奇怪。为什么会取这名字呢？仔细看了不禁想笑，原来先生的想法是一有感想就马上写出、马上寄出，如果写不出，或者不能写了，就马上收场。这就叫《马上日记》。更好笑的是后面的《马上支日记》，这是给《语丝》的，日记得另起名，先生说："生长在敢于吃河豚的地方的人，怎么也会这样拘泥？政党会设支部，银行会开支店，我就不会写支日记的么？"于是就有了《马上支日记》，其实这几篇日记颇好看。先生惯常的辛辣讽刺日记中都有，只是多了些平时难见的温情，还有幽默。

昨晚我看日记忍不住笑。先生说对于绍兴，他所憎恶的是饭菜，说是要好好查查《嘉泰会稽志》："究竟绍兴遇着过多少回大饥馑，竟这样地吓怕了居民，仿佛明天便要到世界末日似的，专喜欢储藏干物品。

有菜，就晒干；有鱼，也晒干；有豆，又晒干；有笋，又晒得它不像样；菱角是以富于水分，肉嫩而脆为特色的，也还要将它风干……"

柿霜糖在这几篇日记中提到过两次，这是老家在河南的朋友送给先生的，是圆圆的小薄片，黄棕色，吃起来又凉又细腻。还是许广平告诉先生那是柿霜做成的，性凉，如果嘴角上生些小疮之类，用这一搽便会好。先生听说可以治口疮，马上收起来，说以后生口疮好用。到了夜间，先生又忍不住把柿霜糖拿出来吃了一大半，说是生口疮的时候毕竟不多，还是趁糖新鲜多吃一点儿。看到先生日记中的这些率真文字，非常难得。

邓云乡先生的《旧京散记》中，有一篇《冻柿子》，说柿霜糖是柿子的精华，晒柿饼时的重要副产品，性极凉，又甜又凉，入口即化。提到冻柿子，说在数九寒天冻柿子最好吃。

冻柿子我没吃过，冬天北京柿子我是吃过的。去年年末的时候，已很冷了，在菜市看到又大又红的柿子，非常诱人，买了两个回去吃，味很甜，却吃得我一身冰冷。

豌豆尖和豆汤

　　这两天去菜市，都会买豌豆尖。不过下了两天的小雪，这豌豆尖的价格也涨了不少，卖到三四块钱一斤。卖菜人说，豌豆尖吃不了多长时间了，立春后就开花，开花就老，只等着四五月间吃嫩豌豆了。

　　看顾村言的《人间有味》，才知江南也吃豌豆尖，那里叫豌豆头。初时看目录里有一篇《豌豆嫩头》，想着应该是豌豆尖吧，就先看了这篇。因为这个是成都冬天很常见的菜，看着人家写也觉亲切，顾村言说他们家乡叫豌豆头，上海叫豆苗。

　　仔细看了，原来江南豌豆尖的吃法也跟四川差不多，如清炒。文中写道："豌豆头其实是需要掐的，这东西和韭菜简直有些类似，似乎非要争一口气，掐一根豌豆头，它就会长两根，掐两根则长出四根，所以，过一段日子就得掐一掐（当然还得有个度），这样来年春天的豌豆结得也多些。"说得一点儿不假，成都的豌豆尖在秋末的时候上市，那时的豌豆尖细细的，比较老，后来越长越好。到冬深的一月，几乎就渐入佳境了，水嫩得很。我隔三岔五地就会买一斤，只掐最嫩的尖，吃一半扔一半。有时清炒，待油热，在锅里炒几下就铲起来，炒老了就既难看又难吃。有时煮汤，炖的鸡汤，把豌豆尖烫一下就吃，非常清香。其实我最喜欢的是下面条，平时我不怎么吃面条，有豌豆尖我就要吃面条了，熟油辣椒做的调料，酱油、猪油、小葱，面无须多，碗中一半是豌豆尖。我"醉翁之意不在面"，而在豌豆尖。豌豆尖等面条好的时候才下锅，烫一下就捞起来，和着面的调料，好吃极了。

年末的一天，我路过青羊北巷，那是一条深巷，现在老房子已拆，还有两三间旧房和几株高高的老树。有个老人还住在那里，整理了一块地出来，种了些蔬菜，有油菜、小白菜等。其中就有豌豆尖，我那天看到种在地里的豌豆尖，虽然长得不是很好，还是很欣喜。

除了喜欢吃清香的豌豆尖、新鲜的嫩豌豆，我还喜欢一道很家常的菜——粑豌豆汤。粑豌豆，其实就是豌豆泥。把干豌豆煮烂，压成泥，就叫粑豌豆。唐振常先生给车辐先生的《川菜杂谈》做的序，就写到了这个。唐先生说是干黄豆做的，我觉得应该是豌豆。唐先生在文中津津有味地回忆小时候住文庙后街，清晨听到卖粑豌豆的叫卖声，以及黄昏卖粑豌豆的小贩挑子。令唐先生念念不忘的是粑豌豆肥肠汤，这也应该是最正宗的粑豌豆汤的吃法，我也许吃过，记不清了。但现在自己煮粑豌豆汤，不会加肥肠进去。原因实在是肥肠太难弄，不好洗。简单做粑豌豆汤，把猪油在锅里烧化，粑豌豆倒进去炒，之后加开水煮。起锅时放些葱花，有时想吃蔬菜就放些豌豆尖进去，真正的浓汤，而且很香，这个汤有小时候的味道，小时候家里也爱做来吃。

原以为这个豌豆泥汤只有我们这里才吃，后来看了丘彦明先生的《浮生悠悠》，才知荷兰人也喜欢吃。那里的做法是用猪骨头、猪脚、猪耳朵等加水熬成浓汤，再把豌豆煮成泥，混合均匀，调成稠状，加入盐及调味香料。书中说，传统的荷兰家庭，冬天煮上一大锅，结冰成块。吃的时候，敲下一块来煮化。煮化之后，再添上青蒜片及猪肉肠。这个豆汤在荷兰也是家常的食物，在餐馆里看不到。但却在咖啡馆里有，特别是冬天，每家咖啡馆都有，并且打的招牌是"老祖母豆汤""传统豆汤"，用以招揽生意。看荷兰人做豌豆浓汤才真要倒吸一口气，远比我们这儿的做法复杂多了。不过，在寒冷的冬天，喝一碗香喷喷的豌豆浓汤，实在是一件美好的事。

魔芋啤酒烧鸭

魔芋烧鸭是川菜的一道家常菜。啤酒鸭是我后来才听说的一道菜。把魔芋、啤酒、鸭肉和在一起烧，我以前见一个朋友的母亲做过。约三年前，去朋友那儿，正遇她母亲在厨房烧鸭肉，我就守在那儿看怎么做。朋友母亲说魔芋啤酒烧鸭很好吃，并详细教我做法。烧鸭肉其实我很爱做，总爱与时令蔬菜一起烧，如夏秋时我爱做青豆烧鸭、芋儿烧鸭，都好吃，但我就是没做过魔芋啤酒烧鸭，原因是我没吃过，不知是啥味道，总想着用啤酒烧，会不会满是啤酒味。

今天去菜市，买了一只土鸭子。在买鸭子的时候，问老板这阵子什么烧鸭肉好。我买菜的时候时常问这种问题，比如曾在竹笋的摊点，问人家笋子烧什么。除了我知道的做法，还想知道更多的吃法。这个卖鸭子的老板就说用魔芋烧鸭，旁边他的帮工说用啤酒烧，既然都这么说，我就决定试试魔芋啤酒烧鸭。

在楼上买魔芋的时候，摊主让我烧魔芋前，要把魔芋切条用开水焯过，再用冷水泡泡，说是碱味比较重，这个常识性的问题我早就知道，回家的路上，买了一瓶啤酒。

下午三点过就去厨房忙乎，其实是第一次做这个菜，心里没底，想早点儿做出来。一边烧水焯魔芋条，一边用油煸鸭块，煸时加了花椒、干辣椒、老姜。鸭块煸干了水分后才放郫县豆瓣，炒香后再倒啤酒，放了一整瓶酒，有一斤。啤酒倒进去烧开后，我尝汤味，啤酒的味道，微苦。我想，照此味道，还真说不好，放了一根洗净的葱，就盖上锅盖，小火慢慢烧。漂在冷水里的魔芋也用篮子装起沥干水。过了半个多小时，汤快烧干时，我尝鸭肉的味道，啤酒味没有了，原来那微微的苦味也没有了，鸭肉味道很不错，真是很奇怪。我没加水，我知道魔芋加进去，就会烧出水来。魔芋放进去后，出了很多水，我又加了些盐和老抽。魔芋不易入味。烧到水快干时，魔芋才有味道。这个时候，就觉得魔芋很好吃，比鸭肉还好吃。

晚上吃饭的时候，魔芋我吃了很多，鸭肉吃得很少。以前我婆婆也说过，魔芋烧鸭里的魔芋比鸭肉还好吃。

折花

路过蜻蜓

来路不明的蝉

晚上七点多点，在阳台上收衣服，忽然看到地砖上躺着一只蝉，大为惊奇。阳台上最常见的是小鸟，隔三岔五地总要飞来停留片刻。蝉却是第一次看到。我以为它死了，捡起一看，脚还在动。手指不经意间捏在了蝉的腹部，忽然的蝉鸣吓了我一跳。那鸣声没有丝毫的婉转，一下子就达到某一高度，声音震耳。我赶紧抓住它透明的翅膀，声音才住了。

我不知道这只蝉是从哪里飞来的，到了这里又将如何生存下去。有一刻不知拿这个不速之客怎么办。把蝉轻轻地放在手上，它的爪子如锯，死死地抓住我的手，弄得我生疼。看过法布尔的《昆虫记》，知道蝉是靠吸食树汁存活的，仔细看，的确看到了嘴下边有一根如针细的管子。我把蝉先放在金银花枝上，它抓住金银花藤缠绕的竹竿就往上爬。金银花藤蔓太细，根本不行。又放在芦荟上，那芦荟厚厚的叶片应该有很多的水分，还是不放心，放在了枝干稍微粗的蔷薇花枝上。我很想看它用吸管吸蔷薇花的枝干，然后我就可以放心让它生活在我的阳台上了，说不定时不时还能听到这么近的蝉鸣。

之后我做别的事去了，天黑以后，我还是不放心，去看它，它还待在老地方一动不动。我又担心，怕蝉死，最后决定带蝉下楼，把它放到大树上去。楼下园内有树，但都不大，从来没听到过那些树上有蝉鸣声。我又多走了几步路，小区大门外是人民南路的绿化带，有郁郁葱葱的香樟树和女贞树。我把蝉放在了女贞树上，我相信它是喜欢女贞树的。因为这些年来我总是在女贞树周围看到有许多小洞，蝉的幼虫从地下爬出来，就上了女贞树，然后脱掉身上的皮，经常能在树干上看到蝉蜕。我把蝉放在女贞树上，看它往上爬，直到不见了才放心回家。

想起小时候每到夏天都要粘蝉，而我是不会粘的，我爱跟着街坊的男孩子在一起玩。我甚至从来没看到过枝头上有蝉，就是现在每天从女贞树下走过，听着头顶上轰鸣的蝉声，站在树下看半天，也从没看到过树上的蝉。

粘蝉一般都是吃过午饭后，男孩子们从家里拿出细长的竹竿，还需要粘蝉的胶，有两种方法：一是找些橡胶，剪成细细的颗粒，装在一个小铁盒里，然后在炉子上加热让橡胶熔化，就可以揉成一小团粘在竹竿的梢上；二是拿上竹竿找屋前屋后有蜘蛛网的地方，用竹竿猛搅几下，把蛛网缠在竿上，我记得常常看到刚搅到竹竿上的蜘蛛网上还有许多小蚊子、小虫子之类，恶心死了。这些准备好后，我就跟在他们的屁股后面粘蝉和蜻蜓去了。粘到的蝉那些男孩子会给我玩，我那时才四五岁。蝉实际上不好玩，有时会死，有时我会把它放了。我不太记得男孩子拿着蝉做什么，但有一种说法是他们把蝉用火烧来吃，说是很香，我反正是没有吃过。除了粘蝉，有时还捡蝉蜕玩，很小就听父母说蝉蜕是中药。粘蝉这件过去小孩子夏天的乐事，也早就消失了。

雨天的瓢虫

下了一夜的雨

　　昨天整整一天都是雾蒙蒙的，那是城外烧秸秆的烟雾吹进城来了，空气中有田野的气味。这个时候真想去郊外，看看金黄的麦田。一年中总有些时候，我想出城走走，想去看看田野。但如今城区越来越大，乡间越来越远，出去一趟，是件不容易的事。想起小时候，住在一环路内还像是住在城郊，出门几步路，就有田地，夏天在田里的丝瓜、苦瓜架间捉蜻蜓，再走远一点儿，出西北桥，更是一片片田野，那里以前是前进大队，上小学时还去送过肥。

　　前天去图书馆还书，意外地找到了一本苇岸的《太阳升起以后》，令我大喜。前些年看很多人都写苇岸，那时苦于找不到书，觉得非常遗憾。后来买到苇岸编的《蔚蓝色天空的黄金》，我也着实高兴了一阵，在书中读到了苇岸的几篇散文，有《大地上的事情》

《鸟的建筑》《我的邻居胡蜂》等。《太阳升起以后》这本书装帧非常素朴，2000 年出版，林贤治写序《未曾消失的苇岸》。苇岸称自己是"观察者"，他热爱大自然，仔细观察大自然中季节的变化并记录下来，写胡蜂、麻雀、飞鸟等。苇岸于 1999 年 5 月 19 日因病去世，那年他才三十九岁。在这本《太阳升起以后》中，我读到了一直想读的《一九九八 廿四节气》，可惜只有六则，是春季的那六个节气。关于"谷雨"写道："谷雨是春季的最后一个节气，也是一年中最为宜人的几个节气之一。这个时候，打点行装即将北上的春天已远远看到它的继任者——携着热烈与雷电的夏天走来的身影。为了夏天的到来，另外一个重要变化也在寂静、悄然进行，即绿色正从新浅向深郁过度。的确，绿色自身是有生命的……"苇岸生前最大的遗憾之一，就是没能写完悉心准备了一年的这一篇文章。

前面说到想看麦田，是因为看到苇岸写麦子。在《大地上的事情》一文中有这样的描写："麦子是土地上最优美、最典雅、最令人动情的庄稼。麦田整整齐齐摆在辽阔的大地上，仿佛一块块耀眼的黄金。麦田是五月最宝贵的财富，大地蓄积的精华。风吹麦田，麦田摇荡，麦浪把幸福送到外面的村庄。到了六月，农民抢在雷雨之前，把麦田搬走。"

昨晚下雨，风雨交加。今天上午雨一直在下，真是一场透雨。有些冷，出门穿上了外套。看到街上有人穿短袖，实在是佩服得很。去买菜，这两天菜价降了一点。茄子、苦瓜便宜了差不多五毛钱，叶子菜还是原来的价，小白菜、空心菜依旧一块五毛钱一把。芹菜、大白菜一块八毛钱一斤，本地辣椒稍微便宜了一点，前几天四块钱，现在三块钱，买了半斤多，用来炒青椒肉丝。又买了两斤枇杷，三块钱一斤。今年枇杷好，还便宜，我一直在买，隔一天就买两三斤。桃子已上市，青色略红，很好看。还买了两把大栀子花插瓶，一块钱一把。

日暮凉风起

　　周日太阳很大，三十三摄氏度。原本想吃了午饭去金沙博物馆，因为这太阳，实在不想出门。其实我对金沙博物馆兴趣并不大，门票八十块钱一张，已觉很过分了。我倒对四川大学博物馆念念不忘。四川大学博物馆是综合性的博物馆，有瓷器、书画、汉像砖等，值得一看。门票也便宜，才十块钱，不知现在涨价没有，我是前年去的。在博物馆看了大半天，直到关门都觉得没看够。

　　读完了苇岸的书，书中那部分阅读笔记非常不错，其中日本作家写了德富芦花和清少纳言。苇岸这样写清少纳言："《枕草子》显示了清少纳言非凡的观察力和惊人的概括力。她深入事物的最细微之处，使我们在任何琐屑的事物中都体会到意义和美感，《枕草子》告诉我们，世界上有多少不该在我们一生中忽略的事物。"在图书馆还借了本周晓枫的散文集《你的身体是个仙境》。周晓枫的文字浓密，需得安安静静地读。周日花了一个下午和晚上的时间，把《你的身体是个仙境》读完。对周晓枫的散文，我谈不上特别喜欢，只是在她的散文中，时常会重逢青春年少时经历过的相似的情境、事物，以及内心最幽微的心绪。

昨天小满，天空云稍多一些，太阳没那么大，我去图书馆还书，借了奈保尔的《米格尔街》和卡尔维诺的《为什么读经典》。傍晚时起风了，渐生凉意。才刚过晚上九点，就想睡了。睡到夜里十一点半醒来，站在阳台上吹风，风很大，很凉。

这两天天热，早晨起来就煮稀饭。最喜欢的是荷叶稀饭，可才初夏天，距卖荷叶的时候还早。昨天买了绿豆，晚上睡前就把绿豆泡着。今早起来煮很快就开花了，煮稀饭我喜欢用珍珠米，以前用别的米煮稀饭，我还会加糯米一起煮，而珍珠米就不用了，煮好的稀饭依旧很黏。煮稀饭都是现熬，绝不用剩饭，顶多就是多花半个小时。杜丽在随笔集《我是哪一种吸血鬼》中说，她的理想生活就是："早晨有粥喝，晚上有肉汤喝。"附加条件是，粥是现熬的而不是前一天剩饭对付而成的。在我看来，杜丽的理想生活真是很简单。

今天有事一早出门，阴天，风大。后来去买菜，在玉林菜市一楼买了份渍豌豆，中午我一个人在家吃饭，用渍豌豆下稀饭最好。玉林这家好像叫乡村菜的渍豌豆非常可口，豌豆是青豌豆，油炸过，调料用的是小米辣、香菜、糖醋等，买的时候豌豆和调料分开装，吃的时候再放一起。第一次买的时候，我看着店主装调料、豌豆，没明白是怎么回事，当时还尝了尝油炸豌豆，心想这有什么好吃的。回家把调料倒进豌豆里，尝了味道，立刻就想起了这就是小时候常吃的渍豌豆。小时候夏天家里常吃渍胡豆、渍豌豆。那时干胡豆和干豌豆是在粮店里卖的，称为杂粮。做法就是把胡豆和豌豆炒过，用开水泡后挤干水，再加调料拌起，也是下稀饭。我有很多年没吃过了。现在的渍豌豆跟以前的差别是油炸的，吃起来当然更香，调料也有差别，觉得更精致。

阳台上的红花酢浆草开花了，今年开得特别晚。发现这花不到处旅行，依旧只在金银花盆里。别的花盆里没有它的踪影，而黄花酢浆草则到处都是。

碧荷间的"七姑娘"

芒　种

　　今天是二十四节气中的芒种。彭程在《解读节气》这篇散文中，对芒种是这样解读的："风在大地上吹，金黄色的麦浪起伏。成熟和收获的时节来临了。芒种，这两个字是指麦类等有芒作物的成熟。"在我看来，这个节气更印证了北方的农事，川西的麦子差不多半个月前就已经收割了。而下一个节气，就是夏至，然而夏天早已到来了。

　　今早六点刚过起来还下着雨，夜里不知是什么时候开始下的。一早起来煮荷叶稀饭，昨天终于买到荷叶了。这张荷叶买的地方还真远，是在君平街菜市。我去图书馆还书，在往陕西街拐的路口，看到君平街菜市就在街对面，想在这里买了菜也不必再去玉林菜市了。这些天的荷叶还小，八毛钱一张，比盛夏时要贵些，盛夏卖的荷叶是五毛钱一张。

昨天在图书馆借到了望月推荐的《所罗门王的指环》(与鸟、兽、鱼、虫的亲密对话),大家一看括弧里的话就知道是哪类书了。我翻了几页,写得很有趣。劳伦兹家与动物相处的故事,看得我瞠目结舌。他家养了几只渡鸦,两只大的黄冠鹦鹉,还有两只狐猴和两只戴帽猿。孩子还小的时候,为了孩子的安全,他太太在园子里做了个大笼子,不是关动物,而是把孩子关在里面。每讲到一样动物,都在后面有注释,有一样叫猫鱼的,原来就是我们常吃的鲶鱼。借的另一本书叫《吃太阳的家伙》,这本是讲植物的书,也翻了翻,某些地方让我想起去年买的那套碟子《植物私生活》。

早上在阳台上晒衣服的时候,碰到了蔷薇枝,发觉有什么从枝上飞走。后悔怎么不看清楚。过了一会儿,一只黄蜻蜓飞来,紧紧地抓住枝条。我想刚才飞走的肯定就是它了。去年夏天经常有蜻蜓飞来,有时甚至有好多只。今年入夏后,也一直希望能再看到。上周终于飞来了第一只,也不知还是不是去年来过的蜻蜓。今天的这只歇的地方很近,我拿着相机想拍清楚,也靠得很近,风不停地吹,用了很长时间才拍好,还真怕把它惊飞,它却一动不动,真是佩服。去年我在别的地方也拍过不少蜻蜓,好多时候蜻蜓不停地飞来飞去。

上午天凉,去电信局缴电话费,因为想去梨花街的书市,就去了人民东路电信营业厅缴费。缴了费去梨花街,路过宾隆街的张凉粉店,去吃了碗白凉粉和甜水面。我有很长时间没吃过张凉粉了,后子门封街,那里的张凉粉店已停业了,我觉得宾隆街这家店的味道有些差。市内的张凉粉店我几乎都去吃过,觉得东城根街那家特别简陋的张凉粉店的味道最好,记得是一个老人在放调料。

在书市二楼的弘文看了看,这里的三联书只打九折,别的书是八折。我想买奈保尔印度三部曲之中的《百万叛变的今天》和《受伤的文明》,另一本《幽暗国度》我有。打九折觉得划不来,想回家上当当网看看。在书市逛的时间稍长,我就觉得不舒服,满世界的书真是有压迫感。回家去玉林菜市买菜,买了一只兔子,还有莴笋,准备做莴笋烧兔,很长时间没吃过了。

在当当网订书,我上面所想要的两本书都不到七折,挺划算的。

看云记

看云记

上午十点过收拾屋子，无意间看窗外天空，被一团云吸引了。低低地，悬在街对面晨光化工研究院的高楼上，浅蓝的天，丝丝缕缕的白云轻浮。在城里好久没看到这么漂亮的云了，也只过了十几分钟，那团云就不见了，浅蓝的天空已被大面积的云覆盖。

最难忘记的看云之处是在川西高原，一路的蓝天、白云都是那么纯净。坐在塔公草原看大片大片的云流动，实为壮观。记得从新都桥往康定路上，在翻过四千多米的折多山后，站在寒冷的折多山垭口，望得见山下远远的一片白云堆积处，司机说在那白云之下，就是康定城。一路上就朝着白云深处去，康定城渐渐地在峡谷间出现，真是难以忘怀的旅程。

说起看云，就想起周作人先生有一本集子就叫《看云集》，在自序中，先生也不无例外地要写书名的出处，说看云的典故出于王维的诗："行到水穷处，坐看云起时。"集子的内容暂不提，只说书名我就很喜欢，很喜欢先生每本集子的书名，如《泽泻集》《瓜豆集》《木片集》等。

周末差不多一直在下雨，很凉爽，下午近六点，胭脂花终于开了两朵，红色。正是快吃晚饭的时候，还真配叫"晚饭花"。

上午去买菜，路上看到有人拿着菖蒲、陈艾，惊觉难道今天是端午？看报纸，才知已是五月初四。菜市卖菖蒲和陈艾的摊子今天已不少，往年是非得端午那天才看得到。粽子更不必说，早就有卖的。买了一根菖蒲和几枝青蒿，菖蒲选的叶长得很好的，打算剪几节用来作书签。菖蒲叶过了很久，都闻得到那气味，青蒿用来泡水喝，清热。

菜市旁小学墙边有几丛郁郁葱葱的芭蕉，结紫红的花苞，只看到一片花瓣。自几年前知道芭蕉花炖猪心可治心绞痛后，对芭蕉花就另眼相看了。芭蕉花是怎么开的，我却不太清楚。李调元在《南越笔记》中，记芭蕉很详细："花出于心，每一心辄抽一茎作花，闻雷而拆。拆者如倒垂菡萏，层层作卷瓣，瓣中无蕊，悉是瓣，渐大则花出瓣中。每一花开，必三四月乃阖。一花阖成十余子，十花则成百余子，大小各为房，随花而长。长至五六寸许，先后相次，两两相抱。其子不俱生，花不俱落，终年花实相代谢，虽历岁寒不凋，此其为异也。""闻雷而拆"，不知是真是假。

夏至将至

　　刚过端午，夏至又将至。昨天去菜市，端午节前堆积如山的粽子，节日那天随处可见的菖蒲、陈艾等草药，全部都没有了，一点儿端午的痕迹都没有留下，恍若不曾有过端午节。明天夏至，是一年中白天最长、夜晚最短的一天。夏至本地没什么习俗，记得有些地方有"冬至馄饨，夏至面"的说法，我不太喜欢吃面，对这个习俗不感兴趣。倒对夏至九九歌感兴趣："一九二九，扇子不离手；三九二十七，雪水甜如蜜；四九三十六，出汗如沐浴；五九四十五，头戴秋叶舞；六九五十四，乘凉不入寺；七九六十三，上床寻被单；八九七十二，思量盖夹被；九九八十一，家家打炭击。"

　　前些天看苏姗娜·保尔森的《吃太阳的家伙》。在书中的《药用植物》那节，对北欧的夏至日有所记述，在瑞典、丹麦和其他一些北欧国家，夏至当天，人们在村里的空地上放上一棵树，用彩带把它打扮得花枝招展，然后围着唱歌、跳舞，纵情狂欢，赞颂那强劲有力的滚烫的太阳。保尔森在书中说："德国的人种学者沃尔夫—迪特·施托尔曾经描述过古人庆祝夏至日的盛况：他们把九种树木堆集在一起，然后把它们点燃，再把干蒿草扔进熊熊燃烧的大火中——那是一种高个子的草本植物，香气四溢，现在依旧兴旺发达，风头不减当年，路边，水边荒郊野外，瓦砾堆里到处都有它们的身影——这种植物燃烧时会蹿起耀眼的紫色火苗，于是男女老少都目不转睛地注视着，祖辈们告诉他们，蒿草里有女神亲临驻足。"农妇们在夏至日要采集足足九种草药，她们眼睛紧紧地盯着草药堆燃起来的仲夏夜之火，嘴里轻轻地念着古老的咒语，以提高草药的疗效。他们管夏至日的草药叫"施洗约翰草"，这其中包括母菊、金车、蒿草、金丝桃等。这里面的蒿草，应该就是我们所说的艾蒿，从药草的角度来看，北欧的夏至日跟我们的端午有点儿像。

好多天以来，天气一直非常凉爽。有时会想难道六月就这么舒服地在不知不觉中过去了？上午我洗了很多东西，晾晒的时候天还比较阴。十一点过，去图书馆还书，又借了本李劼人的《大波》，曾看过《死水微澜》及一些短篇小说，《大波》看过一些片段，读到书中的成都方言异常亲切，也从作品中了解到成都20世纪20年代的民俗风情。

从图书馆出来十二点过，太阳也出来了，有点儿热烘烘的，我去附近菜市买菜，来这里还有一个目的，是想吃一个小摊上的凉糕。自去年爱上宜宾小吃凉糕后，今年夏天在成都又看到了很多。无论在哪里，只要看到凉糕我就想吃。这个菜市的凉糕摊是上次过来买菜无意间碰到的，这里的凉糕除了要浇红糖汁，还要撒花生粒和芝麻，这两样就特别吸引我，吃起来很香。凉糕是米做的，两块钱一份，吃下去就差不多饱了。

我在菜市买了芹菜、黄豆，看到紫葡萄也忍不住买了几小串，这些天的葡萄一点儿都不甜，酸得很。不过没办法，我很喜欢吃葡萄。

七月十五

　　今天是阴历七月十五，中元节。本地的中元节习俗是烧纸钱，而且记得是在七月十五之前烧。所以昨天我就买了香蜡纸钱，晚上与家人一道烧了。昨晚月色极好，风大且凉。前些天翻《扬州画舫录》，在卷六中，有记江南的中元节，颇为隆重、热闹："造盂兰盆，放荷花灯。中夜开船。张灯如元夕。每多妇女买舟作盂兰放焰口，燃灯水面，以赌胜负。"

　　处暑后，成都天气阴晴不定，时晴时雨，几场雨后已不像上周那么热了。阳台上木槿花还在一天天开着，花骨朵也不少，叶却一片、两片地黄起来了。从立秋以后开始的，叶黄得也好看，它好像最识秋意。

　　一早起来就觉凉风习习，七八点的时候，太阳露了一会儿脸，后来天又阴下来了。十点过，在锦绣路上等车去玉林，风中有雨意，感觉长夏终于快结束了。

坐76路在玉林路下，路旁的栾树开着小黄花，落了一地，捡了几朵花看，很精致的小花。好看的是树上结的粉红的蒴果，远远地就很吸引人。

路上就在想买什么菜，到了菜市逛着才想好晚上吃的菜。买了豆腐、牛肉末、蒜苗，打算做麻辣豆腐。这阵子开始喜欢做麻辣豆腐了，一年中，总有些时候我是不做麻辣豆腐的。这个时候是没有香蒜苗的时候，有几个月吧，这期间蒜苗也有卖的，是那种没有一点儿蒜味的蒜苗，我不爱吃。直到前阵子看到有本地的香蒜苗卖，尽管很贵，五块钱一斤，我也要买来吃。几个月没吃到这种香蒜苗，就特别想念。

光有麻辣豆腐是不够的。我还买了一块五花肉，打算做荷叶粉蒸肉。其实星期六我才做了荷叶粉蒸排骨，衬了青豆，结果里面的青豆是家人的最爱。那青豆的确好吃，味道香浓。排骨剩下不少，把青豆吃完了。既然如此，我就买五花肉蒸，反正吃青豆不吃肉，买了两张荷叶，这些天的荷叶开始老了。这个夏天经常买荷叶，几乎家里随时都有。荷叶就放在厨房里，任其渐渐变干，在这个过程中，厨房弥漫着浓浓的荷叶香。蒸肉时，荷叶剪成大块，在开水里烫一下，叶变软，就可以包肉和青豆了。

　　说起荷叶老了，又想起这个夏天都没有时间去荷塘月色看荷花。前天在某公园转悠了一阵，湖里的荷花一朵都没看到，只看到荷叶间一个个青碧的莲蓬。

立春以前

晚来天欲雪

　　这两天真的感觉寒冷，好像就盼着这么冷，或再冷。当然下雪是最好的，但可能性极小。昨晚十一点过，忽然想夜里的温度不知能否降到零摄氏度以下，就去厨房拿了个小碗，盛了半碗水，放到阳台上去，希望能结冰，明早起来就能看到一层薄冰，这是小时候冬天我最爱做的事。今早天还没亮，就去阳台上看结冰没有，很失望，还是水。

　　想起小时候成都的冬天，比现在冬天寒冷，下雪是常事，有一年下了很大的雪，清晨起来，白茫茫的一片。母亲把厨房油毛毡上的积雪扫下来装在泡菜坛里，说是雪水泡菜好，还泡鸭蛋。这样大雪的天不多，很冷的天倒记得有很多。如结冰，厨房屋檐挂着晶莹的冰凌，用个碗盛半碗水，放一根白线，清晨起来就结成了冰，然后拎着去上学。还有霜，我小时候住的瓦屋，冬天霜是最常见的。黑灰的瓦上，一层薄薄的白霜。后来搬进了楼房，从此就再也没见过霜了。好像是两三年前，春节去花水湾玩。我起了个大早，站在屋檐下，看到草坪上一层薄薄的霜，竟也激动得不得了。雪，这些年时不时还能见到，而霜和冰，这些在城里几乎绝迹，就让人无比怀念。

上午出去买菜，铅灰色的天空寒风吹着冷得很。似有似无地飘着细雨，我认真地辨认落在围巾上晶莹的细点，到底是雨还是雪，还是希望有雪花飘。这么冷的天，我想着要买些吃得暖融融的食物。凉菜、卤菜这些都免了。买了条钳鱼，晚上做泡菜鱼。还有韭黄和芹菜，芹菜是用来烧鱼的，切成末，加在烧好的鱼里，特别香。汤菜让我费了不少劲儿，清淡的蔬菜汤不想吃了。萝卜汤前两天才吃过。我在楼下卖干杂的摊子买蒸肉米粉时，看到雪豆，想起了炖雪豆，又上楼去买猪蹄。有一家我常光顾的猪肉摊，猪蹄卖完了，看到香拐子不错，香拐子这名字好听，就是猪蹄跟肘子相连的那一部分，有时卖的猪蹄是把这一块连在一起卖的，有筋，有瘦肉、骨头，还有皮。还是跟猪蹄卖法一样，一前一后配搭着卖，两块也有两斤多。中午到家就洗了炖起，雪豆炖的时间较长，要小半天。

　　中午过后，天色依旧暗得很。密密的细雨，地面都打湿了。这样的天气，最容易想到白乐天的诗句："晚来天欲雪，能饮一杯无？"近些年我迷上了徐渭，他的画我很喜欢，但对画，我是不太懂的。徐渭的小品看了一些，很喜欢，特别喜欢读书信，其间更显徐渭的性情。记得一封雪天的信，《答张太史》："仆领赐至矣，晨雪，酒与裘，对症药也。酒无破肚脏，罄当归瓮，羔半臂，非褐夫所常服，寒退拟晒以归。西关脚子云：'风在戴老爷家过夏，我家过冬。'一笑。"这信读来真是令人回味。

风车等等

　　春节过半，几乎一直在下雨。立春后的雨，就是春雨了。想着春字，就该有暖意，却很冷。细细无声的雨，下得天色阴暗。整日不出门，也不用天天买菜。于是多出了许多时间，书看得不多，电影看得不少。把买的碟和电脑里下载的电影看了。好看的有《香水》，根据帕特里克·聚斯金德的小说拍的，小说写得很好，第一次读小说，令人震撼，后来又读了一次，电影碟子出来已很久了，迟迟没买，是怕拍得不好看。电影看过后，觉得拍得还不错。又把根据三岛由纪夫的同名小说《春雪》拍的电影看了，前年冬天在北京，住文慧园路，离中国电影资料馆较近，当时正好举办日本电影周，就想看《春雪》，当时太冷，不想两部片子看完后，还在深夜的街头走。如今看电影的劲头实在不如十几岁的时候了。那时冬天最冷的时候，看了通宵电影天还没亮回家都不怕。在土豆网上看电影，效果是差点儿，但聊胜于无吧。最近常泡豆瓣网，搜罗了不少想看的电影。不过，真正能看多少还是个问号，就像我电脑里收了那些书，觉得这辈子都读不完，却还是要收，已成癖了。

初一那天终于把《色·戒》看了，买了好长时间的碟子。印象很深的一个镜头是王佳芝在珠宝店放走易先生后，从店里出来，坐在那辆人力三轮车上，那不停旋转的风车。这个风车镜头让人眩晕，也觉着无比悲凉。当时我不知道小说中张爱玲有没有写这个细节，尽管小说以前看过，细节还是记不得了。看完了片子，我找出小说重读了一遍。这个短篇小说，写得倒简练，在后半部分，看到了风车的细节："老远地就看见把手上拴着一只纸扎红绿白三色小风车……一加速，那小风车便团团飞转起来。"李安把这个细节拍得特别美。

后来我在网上搜了搜，发现不少人对这个镜头印象深刻。电影里风车有什么寓意，我倒没想过。我只是看到这个风车，想起了小时候春节的玩具。

记得小时候春节总要买几样竹纸糊的玩具，有可以推着玩的纸蝴蝶，用比较硬的纸，剪着蝴蝶样子，着了颜色，一根有一米来长的竹条用铁丝捆在蝴蝶中间，蝴蝶下面有轮子，持竹条推着走，蝴蝶翅膀可以扇动，好像是这样。还有能翻出好多种花样的纸翻花，这是我的最爱。这种纸翻花做得很精致，纸很柔软，颜色也鲜艳。中间的纸交错起来，看着很复杂，两边有两个硬纸板，纸板上粘一根竹签，两手持竹签，可以翻出许多好看的花样，我很笨，翻出的花样总不及别人多，这个纸翻花是我最想念的玩具。还有一个是竹子做的可以摇得响的东西，这个名字一点儿也记不得了。这三样玩具我长大后再也没看到过。近些年的春节会去一些小镇上玩，常留意卖的玩具，但没有小时候的那些玩具。而纸风车，我们叫风车车，几种颜色鲜艳的纸条糊在篾条做的框架上，风一吹，风车就转。成都的冬天是没有什么风的，想风车转的时候，就拿着风车在街上跑一阵子。所有小时候的玩具，唯有风车是常见的，以各种形式不断出现。只是那种鲜艳的、柔柔的纸条糊的，我没见过了。

前些天，我翻《帝京景物略》，看到《春场》一篇中记明末小孩的玩具，其中就有风车："剖秫秸二寸，错互贴方纸，其两端纸各红绿，中孔，以细竹横安秫竿上，迎风张而弛疾趋，则转如轮，红绿浑浑如晕，曰风车。"这种风车跟我小时候玩的风车是不一样的，也不太清楚是什么样子。但刘侗的那句"红绿浑浑如晕"却道出了风车的神韵。爱的也就是在这点上吧。

十分春色

十分春色

　　1928 年 5 月，俞平伯先生在给朱自清先生的一封信中写道："是清明日罢？或是寒食？我们曾在碧桃花下发了一回呆。算来巧吧，而且稍迟了，十分春色，一半儿枝头，一半儿尘土；亦唯其如此，才见得春色之的确有十分，决非九分九，俯视之间我们的神气尽被花气所夺却了。"这篇《坚匏别墅的碧桃与枫叶》一文，是上周某个下午读到的，那时刚从城里的人民公园回来，文中写的"十分春色"，我想那天在人民公园看到的绚烂花事，印证了春色恰已十分。

　　已有很多年，春天没有去过市中心的人民公园。近些年我能想到的春花灿烂的公园，也绝没有把人民公园包括在内，记忆中人民公园的春花就只有桃花。有一本保存了二十几年的笔记本，笔记本中印了几张成都市公园的照片，是 20 世纪 80 年代初的公园，除了南郊公园、动物园，再就有一张是人民公园的桃花，湖边的桃花非常好看，印象也特别深。那时候，我很爱看笔记本中印的这些彩页。这本初中时的笔记本，没有写日记，抄的是诗、流行歌曲等。一直留着，偶尔会翻出来看看。十几岁时的东西，除了几本笔记本，别的什么都没有留下。

今年春天已过半，并不曾打算去人民公园逛逛。那天去图书馆给家人查书，出来后是中午，阳光灿烂，有些微微的热了。想去附近的菜市买菜，往人民公园方向走，忽然想到只几步路就是人民公园，天气也不错，不如进去看看公园里有什么花。

这个春色如许的好天气，公园里人好多，着实令我吃了一惊。鹤鸣坐满了茶客，我沿着人少的小路走，无意间却寻觅到了花最多的地方。那条浅浅的小溪就不必说了，沿着这条小溪两岸栽植了许多的花树，此时好看极了。重瓣的碧桃，单瓣的粉红桃花，还有雪白的单瓣桃花，我还是第一次看到，一路看过去，还有很多海棠，垂丝海棠满树繁花，站在花下，真的要让人看呆，就是俞平伯先生的那句"俯视之间我们的神气尽被花气所夺却了"。满山坡的垂丝海棠，齐齐地开。垂丝海棠看多了，我想起了西府海棠，在满坡的垂丝海棠中没看到西府海棠，甚至怀疑自己会不会看错了，把西府海棠也当成了垂丝海棠，它们实在有相似的地方。

从山坡下来，又来到樱花林，樱花有三种，这个时候都在开花，白色的早樱花期将尽，叶已长大，绿黄的樱花御衣黄正当时，另一种重瓣粉红有的在开，有些还是骨朵，今年奇怪，所有的花都凑到一齐开了，还有一种垂丝海棠，单瓣白色，好像以前没看到过，遗憾的是没看到西府海棠。

找路准备从君平街那道门出去，顺道又进兰园看了看，这倒了却了我的心愿，在最偏僻的地方，我看到了西府海棠。真是藏在深闺人不识，这么偏的地方，我以前都没进来过。西府海棠躲在这里，安安静静、闲闲地开着，挨着看过去，有十几株西府海棠，树算不上大，也是枝繁叶茂。但此时的西府海棠稍晚，枝上花开已十分了。西府海棠的骨朵是红色，花开后慢慢地就变成了白色，这个时候，枝上的花几乎都是白色。原来有些分不清垂丝和西府，但看到西府海棠后，就分得清了。站在树下，风一丝都无，花瓣却飘飘忽忽地落，恰如杜甫那句"一片花飞减却春"，这个春天，随花瓣的一片片飘落，正一天天远去。

看 瓜

卧室的窗比较大，窗台也宽敞。我常在上面放些东西，如盆栽、瓶花什么的。这阵子搁的是兰草，开花的蟹爪兰，一个梁平柚子，这种柚子会散发出非常好闻的香气。放久了，气味淡了很多，凑近闻还是有香气。上周去家乐福又买了金瓜搁在那儿，这个金瓜的颜色我特别喜欢，就是那种金秋的颜色，大小也合适。买的时候也只想着用来看，根本没想过吃。我甚至怀疑这个好看的瓜吃起来是否好吃。

买了金瓜后，我就想起了十年前看过的张中行先生的散文，好像张中行先生就把南瓜拿来作为案头清供。后来翻出这本百花文艺出版社 1996 年出版的《张中行散文选集》，果真没记错。

张先生的案头清供有三样东西，分别是葫芦、苞谷、看瓜。文中叙述了每样东西的来历。所谓看瓜，文中写道："是个鲜红色椭圆而坚硬的瓜，我们家乡名为看瓜，顾名思义，是只供看而不能吃。"张中行先生的家乡是河北，我想这看瓜，也无非是南瓜的一个品种，想着瓜的颜色也跟我买的类似，我也不为吃，只为看，因而想当然地把题目取为看瓜了。

一直就喜欢这类好看的金瓜，小时候我家对面的人家就种了这种金瓜，个头要大些，每年要结几个，特别好看。不记得人家什么时候摘下来吃掉，只记得从夏到秋金瓜慢慢长大的样子。今年春天的时候，买了一袋玩具南瓜的种子，图片上玩具南瓜样子可爱之极，后来南瓜花倒是不停地开，就是不见结果，想象中可爱的南瓜就这样泡汤了。

近些天，成都整日灰蒙蒙。满天像扯着一张脏兮兮的布，看得眼睛都灰了。好在这鲜艳的金瓜还悦目，看着可爱。也不知能放多长时间，借用陈坤维的一句诗："珍重寒闺伴我时。"这句诗是今早在张中行先生文中看到的，一见喜欢，网上搜到邓之诚《骨董琐记》中有"陈坤维诗"条，说是乾隆年间，杭州有个落魄的世家女子陈坤维，生活穷困，不得不卖书换米，舍不得，题一首七律与书告别，诗曰："典到琴书事可知，又从架上检元诗。先人手泽飘零尽，世族生涯落魄悲。此去鸡林求易得，他年邺架借应痴。明知此后无由见，珍重寒闺伴我时。"此诗最后一句颇为苍凉。

冬至以后

　　冬至那天开始降温，这两天真正感觉寒冷了，此前我一直觉得这个冬天不冷，冬天不冷也是讨厌的事。寒风一吹，前些天腌的猪头肉好像一夜就吹干了。这个时节正是腌肉的好时候。今年的猪肉是一周多以前，先生专门去汶川山里买的现杀的猪。他说那地方从都江堰市出去还有一个半小时的车程。猪肉拿回来送了些给人，留了小部分。我用了一天时间清理猪头肉。平时吃现成的猪头肉不觉得，真正收拾起来才发现太难收拾了。后来跟家人说，下辈子都不想再碰猪头肉了。猪头肉用酱料腌了一周后，前两天才挂出来，遇降温刚好。不得不说这猪肉的确跟平时买的肉不一样，炖的猪蹄特别好吃。

　　前天过冬至，羊肉几天前就吃了，是金堂的朋友专门送过来的，做的羊肉汤锅。羊肉一吃好像就提前过了冬至节。羊肉属热性，也不敢多吃。成都人过冬至节爱吃羊肉，平时是不吃的。以前父亲说冬至吃羊肉，整个冬天都不冷。

说起羊，想起去年冬天读朱家溍先生的《什刹海梦忆》，其中有一篇写冬至，篇名为《冬至阳生春又来》。朱家溍先生是为写介绍点缀节令的文物，恰好写这篇文的时候是冬至节，是1997年的冬至。朱家溍先生在文中介绍了两件文物，其中一件是明宪宗画的《冬至阳生》图轴，纸本设色画羚羊。朱家溍先生在随笔中写道："羊代表阳，冬至节气是阴极阳生的第一天，很早就有'冬至一阳生'这句成语，所以画中只一只羊。杜工部有一首诗：'天时人事日相催，冬至阳生春又来。刺绣五纹添弱线，吹葭六琯动飞灰。岸容待腊将舒柳，山意冲寒欲放梅。云物不殊乡国异，教儿且覆掌中杯。'"文中讲杜甫这首诗说"添弱线"是古人的习惯："以红线量日影，冬至后，日添长一线。"也是"冬至一阳生"的意思。

冬至那天买了两个水仙头，去年冬至买了一大把蜡梅，今年成都还不太冷，蜡梅也不怎么香。闻不到香，买蜡梅的心思也就没了。水仙叶长得有两寸多高，绿油油的好看。这次破例不再数有多少花键了，只选长得好看的。年年买水仙，其实我很喜欢绿叶缓缓生长时候的样子，因为到开花的时候，叶子花茎都长得老高了，另外我不喜欢水仙花的香气。

今天没昨天风大，有微微的太阳，气温还是低。我去了一趟高升桥的购书中心，上次过来买书送了二十块钱的购书券，是文轩十年庆，月底就到期。本来只想选一本二十块钱的书，结果多的都进去了，先选了本《爱默生日记精华》，刚好二十块钱。后来翻陈丹青的《纽约琐记》修订版，里面有许多内容是谈中外画家的，图片也多，一看就放不下，爱默生日记也喜欢。就这样买了《纽约琐记》。出来后我一默，加上上次买的三本书，五本书里竟有三本跟画有关。那三本书是钱红丽的随笔集《风吹浮世》、周亮工的《读画录》、金农的《冬心题画记》。

浮　世

　　晾晒了一个星期的腌猪头肉，周末的时候切了一块煮来吃，味道刚好，也没有风干的陈旧的味道。一直以来都认为，腌肉是刚腌好的时候最好吃，入味不深，就是吃个新鲜。婆婆在的时候，冬天腌肉都是她自己炒的料，是把盐炒过抹在肉上面，不要酱的那种。这种腌肉外面没有卖的，我也几乎学会了怎么做。犹记得腌到一个星期以后，就开始吃，吃到后来，还不到春节，就不想吃了。婆婆去世后，再也没吃到过这种腌肉，我们现在做的腌肉都是买的酱料，相同的味道，前些日子很想做我婆婆做的那种腌肉，都想着如何炒盐花椒，怎么抹肉。后来费力地腌了猪头肉，两个猪头肉，不知要吃到何年何月，再腌几块肉，更不知吃到啥时候，就没再弄了。

　　想不到腌的猪头肉也这么肥，我老记得以前吃的卤猪头肉是不肥的，或许是部位的原因，那天切的那块恰恰是肥的地方。吃了几片就想着要加菜进去了，炒腌肉可以加很多蔬菜，蒜苗、蒜薹什么的，我也爱加红苕豆豉炒。在菜市买了很多坨坨豆豉，是黄豆加姜辣椒和红苕做的，留了几个炒肉，剩下的我加了些红苕重新加工，外面的坨坨豆豉都很咸，重新加了红苕进去味道略带些甜味，非常好吃，这是跟我婆婆学的，买了几斤红心红苕，削了皮切成厚片蒸熟，凉了后压成泥，把买的坨坨豆豉捏碎，混在红苕泥中，再揉成汤团大小，晾干就可以炒来吃了。昨晚很发愁，不知这豆豉在这样的天气中什么时候才能干。以前我婆婆为了让坨坨豆豉早点干，是放在炉子边烤干的。20 世纪 90 年代初的时候，我们住在鼓楼洞，那时还没有烧气，我婆婆用的是煤气罐加蜂窝煤，那阵子的蜂窝煤炉都改进了很多，婆婆也是买现成的坨坨豆豉，加红苕再烤干，记得每次要做很多。在光明巷住的那些年，红苕豆豉会以各种形式出现在饭桌上，我婆婆最爱吃这个菜。不过，那时我不太喜欢吃。反倒是这两年，我爱买来吃了，口味真的会随着年龄而变。说起如何烤干豆豉，我今早就想到了用微波炉，昨天其实就想过。我知道要靠成都这样的天想自然干，是根本不可能的事，天阴冷，特别是岁暮的时候。今早我把坨坨豆豉放在架子上，用微波炉烤了几十分钟，中间翻了翻，效果不错，干了不少。比我想象得好了很多，若再有太阳晒晒就更好了。

　　这个周末翻完了《浮世绘的故事》，书中介绍了浮世绘的起源、发展、制作过程，比较全面地了解了浮世绘。一百多幅图片很精美，每幅图片都有说明文字，这于我是比较喜欢的。书中介绍的葛饰北斋、歌川广重的画，都是我熟悉且喜欢的。我现在不太喜欢美人画，而是喜欢葛饰北斋的《富岳三十六景》和歌川广重的《东海道五十三次》这样的风景画。当然风景里要有人和事才好看。我不懂画，只是看着喜欢。几年前看过胡兰成的一篇随笔，其中有一段写到歌川广重的《东海道五十三次》，印象深刻，这篇文章叫《违世之言》，其中一段写道："新近看到日本明治以前的版画《东海道五十三次》，画的五十三个驿站，线条与着色有一种贞洁的感情。房子都在路边，却并不是暴露在旷野里，许多的门开着，仿佛可以直走进去，许多的搬运夫和行人，男的和女的，几乎是没有个性的。有山有水，山与水的美也像是人工的，连自然界也风格化了。没有一桩突出的事物，没有一个突出的人，一切都被严格地制约着，然而没有做作，然而是完全的，如同在五月的节气里，草木静静地生长着，有着所有的热闹，所有的放恣，但仍然是被制约着的，倒是这种制约，作成了和平的庄严。"

浮世绘画册，一直没有看到合意的，河北教育出版社前些年出版的像明信片一样的浮世绘欣赏小册子我也买过几本。很想有一本包括了葛饰北斋的《富岳三十六景》和歌川广重的《东海道五十三次》等内容的画册。可以抱着仔细看，昨天又在网上搜画，搜齐了《富岳三十六景》和《东海道五十三次》存在电脑里。又找了些别的，如月冈芳年的画。在《浮世绘的故事》里，月冈芳年有几幅画我特别喜欢。书中介绍月冈芳年爱画牵牛花，他会在美人画中画牵牛花。我也喜欢牵牛花，现在脑子里印象最深的不是夏天清晨我家阳台上的蓝色牵牛花，而是画册中看到的恽寿平和邹一桂画的两幅蓝色牵牛花，这两幅牵牛花给人娟静的印象。月岗芳年的牵牛花有香艳的味道，很热闹，看着也非常喜欢。

叶上初阳

叶上初阳

雨后清晨，有些凉意，荷花盆里第一片荷叶初展，娇嫩的叶片有着淡淡的绿，是初春时树木发芽的新绿。随着太阳渐渐升高，新荷洒满柔美的光，看着心也温柔起来。默念着周美成的"叶上初阳干宿雨，水面清圆，一一风荷举"。想着华西荷塘的一池莲叶长什么样了，一起念就想去看；还想着那里的合欢，是不是该开花了。上周陪一个台北来的朋友去熊猫基地看到了开白花的合欢树，就想起了华西医大的粉红合欢，我已多年没见了，去年专门过来还没看到。

从华西医大正门进去，苗圃在左边，荷塘在右边，我要先去苗圃找合欢。路旁的一栋教学楼旁有棵乌桕树，又想着乌桕是否开花。在那棵乌桕树下望了望，枝繁叶茂，但没看到花，思忖着是开过了，还是花期未到。想着等会儿再去钟楼附近看看那棵乌桕树。

到了苗圃，门开着，经常那道门是关着的。看开着门，我就毫不犹豫地进去了，没看到之前那条狗，那条狗一见生人就叫，纵使拴着我也害怕。苗圃很大，树木茂密。我钻进树木深处找那两棵合欢树，抬头望丛丛树枝，希望能看到那一抹抹的粉红，但没看到。在茂密的树丛中辨认顶好认的合欢纤细的羽状叶，居然找不到，我来回看了两趟都无果，大失所望地朝苗圃后面走去。后面真的是苗圃了，种了一垄垄花草的幼苗，到底是些什么花草我也没认真看，只盯着那几棵长得茂盛的核桃看。后来一个中年女人跟我打招呼，挺和善的，我就问她合欢树在哪儿，她说不认识，叫我问不远处一间屋子外坐着的一个大叔，说他什么都认识。我问大叔那边的合欢树呢。大叔说不知道什么合欢树。我说五月开红花，描述着叶子长什么样。大叔依旧说没有这树。我想可能是本地的叫法跟我所知道的植物名有所差异，但我不知道合欢在本地叫什么名字，我知道合欢还叫马缨花，大叔也说没有，说前些日子只有核桃开花。既然说不明白，也不费那个劲儿了，只能快快地离开。然后我终于看到狗了，拴着的，不太像我多年前遇到的那条。打它身边经过，这条狗对我猛吠，我计算过它蹦起来绳子的距离，心中不怕。

出了苗圃去钟楼荷塘，看到有无数亭亭玉立的新荷。一只白鹭在荷塘浅浅的水里跑来跑去叼吃的，是吃小鱼虾吧。离我那么近，它也不怕，看着好玩儿。我看了好久，直到白鹭飞离荷塘站到高高的屋顶上才离开。

我走之前去看乌桕树，去年我过来拍乌桕果，叶一直没转红。又一年新生的乌桕叶，好似跟去年的一样。风吹树叶晃来晃去，其间有不少绿色的花柱，总状花序，仔细看好像还没开花。或许再过几天，花序中的花就开了，想再来看看什么样子。

茨菰之初

查《消寒录》，茨菰是三月二日从菜市买回来的。买了几个，不是为了吃，是想养着看花叶。一个月后的四月初，茨菰嘴渐渐泛青，我很欣喜地知道它已活了，意味着我可以看到燕尾似的叶了。至于花还没考虑到那么远。那阵子还扔了颗荸荠进去，挨着茨菰，也长出了细细的青叶。

茨菰有许多别名，如白地栗、燕尾草、慈菰、剪刀草、慈姑等。我喜欢燕尾草、剪刀草这两个形象的名字。

茨菰印象中我小时候没见过，作为蔬菜进入视线始于十几年前。听说用来炖汤好处多多，于是买来刮干净，拔掉茨菰嘴，切成厚片。炖鸡、炖排骨，炖好后汤味能接受。煮熟的茨菰面面的，略带苦味，勉强吃得下几片，一般就只喝汤了。尽管如此，每年冬天我还是会买几次茨菰炖汤。

多年前看汪曾祺先生写茨菰，高邮是产茨菰的，汪曾祺先生说他们那里用咸菜煮茨菰片，就是咸菜茨菰汤。汪曾祺先生说小时候对茨菰没有好感，也是因为茨菰的苦味。后来离开家乡，几十年没吃过茨菰也不想，后来在沈从文先生家里看到，沈从文先生爱吃，说比土豆"格高"①。这之后，汪曾祺先生也对茨菰有了好感，开始买来炒肉片。但汪曾祺家里人不爱吃，他一个人吃。或许我可以理解，小时候的口味跟老年人的口味是有偏差的，抑或是一种叫乡愁的东西。某个会画画的朋友画茨菰时，也笑谈这个"格高"的茨菰吃不惯。

两年前的春天，我第一次看到长在水塘中的茨菰，一下就被那可爱的燕尾似的叶吸引了。那次独自去远郊，是在龙泉山脚下的柏合看到的。水塘很大，一池的茨菰碧绿青翠。我觉得常见的附近农村若有水塘都爱种莲藕。因而盛夏时走过村庄，红莲、白莲，青翠

---

① 原文为："格比土豆高。""格"既指味道，也喻指格调。

如盖的莲叶是习见，所以看到茨菰令我吃惊。看到茨菰叶时，我就想象它的花了。但那年我没看到花，也是那年五月，初夏时，我又去柏合乡村，经过那池茨菰塘，我注意看它们开花没有。当时没看到。至今也没看到茨菰真正的花，图片是容易看到的。

已是五月了。盆里几个茨菰有的还没长出叶，有的长了两三片叶。不得不说，叶子较小，没我看到的大，或许是肥不够，总之叶的形状挺可爱的。

有天翻知堂老人的诗，在 1920 年前后，老人曾写过新诗，收在《过去的生命》中。其中有篇写慈姑，诗清淡平静。

慈姑的盆

绿盆里种下几颗慈姑，

长了青青的小叶。

秋寒来了，叶都枯了，

只剩了一盆的水。

清冷的水里，荡漾着两三根，

飘带似的暗绿的水草。

　时常有可爱的黄雀,

　　在落日里飞来。

　蘸水悄悄地洗澡。

　　　　——一九二〇年十月二十一日

闲

读

点水雀

天暖的时候，就想起阿巴斯·基阿鲁斯达米的诗集《随风而行》，记得里面有几首写春天的诗，去年读着很喜欢，近日翻出来看，录几首于此："黄的紫罗兰。紫的紫罗兰。开作一片。又彼此分明。""白首妇人。望一树樱花。莫非已是我暮年的春天？""新出鸡雏。沐浴。头一场春雨。""春风不识字。却翻作业本。孩子趴在小手上。睡得香……""一束光。垂落。天幕的缝隙。照亮头一朵春花。"前两天找了几部阿巴斯的电影，先看了《何处是我朋友的家》，接下来会看《白气球》《樱桃的滋味》等。

昨天有点儿降温，风大，出门时看到一地的落叶，有黄桷树叶，大片大片的，灰绿色。还有小叶榕，叶片小小的，深绿，叶上很多灰尘。

这几日都不到七点就起来，知道了天亮的时间，也听到了鸟鸣。今早我仔细听楼下小河边树林传来的鸟声，想听到点水雀欢快、清亮且短促的"脊令，脊令"叫声，可惜没听到。

我近日在楼下园子里常看到点水雀，其实我们这儿鸟很多，麻雀、白头翁，以及不认识的鸟。只是它们总在树上，不易在地面上看到。有时远远地看到它们在地上走动，稍走近，就飞了，而点水雀有时能看到它在地上找吃的。那天我买菜回来，就看到一只点水雀在地上走动，黑白色，尾巴长长，脚细细的，走的时候交叉着走，且走得很快，看着特别轻盈。我跟在它后面，不一会儿，这只点水雀就离我越来越远了。还有一天，一只点水雀从我面前飞过，"脊令，脊令"地叫着，飞时一起一伏的。

那天忽然想，这点水雀到底是什么学名啊，很早就知道点水雀这名字，以前也不太注意鸟，直到三年前的早春，在东湖边看到这黑白的小鸟，我一下脱口而出点水雀，去年春节，在双流牧马山也拍过点水雀。有时我还想，点水雀这名会不会弄错呢。在网上查，好在我没弄错，这黑白色的小鸟俗名的确叫点水雀，因为它老爱在水边活动，学名叫鹡鸰（jílíng）。原来也是《诗经》里的鸟，翻《毛诗品物图考》，在《脊令在原》那节中，看到画的点水雀，还甭说，画得很像。把那轻盈的姿态画了出来。"脊令在原"喻兄弟之情，出自《诗经·小雅·棠棣》。

今早翻了翻陈冠学先生的《大地的事》，陈冠学先生这本书记秋天的田园生活。书中记述每天观察的大自然的变化，天空、云、雨，很多的鸟及植物等，当然还有农事、日常生活等。陈冠学先生弃职从农，离都返乡，做真正的农民，日出而作，日落而息。本书开篇，就进入收割番薯的时节，还把挖出来的番薯连夜拉到镇上去卖掉，农事也特别辛苦。

想起书中记的鸟特别多，当然大多我都不认识。今天我又拿出来翻，希望能在其中看到这种点水雀。只是略微翻了翻，已在多处看到了鹡鸰这两个字，今次看到它，我再也不陌生了，前年看到时，无论怎么也想象不出是什么鸟，书中记有灰鹡鸰、草鹡鸰、黄鹡鸰等："阵雨过后，一只黄鹡鸰（也许是灰鹡鸰）来访，在沙砾质的庭中走着，不停地上下摆着长尾，不停地在啄食。不多久工夫儿，把庭面走遍，只听得‘脊令’一声，掷地飞起，一个大弧度一个大弧度地边鸣边进，只几秒的工夫，早已飞在高空中，转了一圈，往东南飞去。”

午睡与蝙蝠

　　入夏后，每到中午就昏昏欲睡，上床却又睡不着，看书头又晕，只有上网不会瞌睡。于是，我差不多上网时间就固定在下午。从小我就不喜欢午睡，想起上小学时，夏天老师要求必须午睡。我是打死都不肯睡，精神好得很。为了检查我们是否有午睡，班主任还想出了派班干部上门检查这一招。我就遇到过一次，是假装午睡蒙混过关的。我是班长，有时也会去检查别人睡觉没有。检查别人我是最高兴的，可以堂而皇之地不睡午觉了。这么多年来，午睡的习惯到底还是没养成。曾看过马尔克斯的一篇小说《礼拜二午睡时刻》，小说的故事情节暂且不提，我对马尔克斯描写的小说发生地，那个小镇长长的午睡时间印象深刻："从十一点起，商店、公共机关、学校就关了门，要等到将近四点钟火车返回的时候才开门。只有车站对面的旅店和旅店附设的酒馆和弹子房以及广场一边的电话局还在营业。这里的房子大多是按照香蕉公司的式样盖的，门从里面关，百叶窗开得很低。有些住房里面太热，居民就在院子里吃午饭。还有些人把凳子靠在杏树荫下，坐在街上睡午觉。"午睡其实是有好处的，不过看到有克制午睡的药方，倒觉得有意思。

翻半夏的《中药铺子》，看关于蝙蝠的那篇随笔。对蝙蝠一下感兴趣也是最近的事。入夏以来，有时傍晚在楼下散步，就常看到蝙蝠在园内飞来飞去，第一次看到时，还以为看错了，后来蝙蝠从我头顶飞过时，再仔细看，的确没看错，我有许多年没看到蝙蝠了。记得还是小时候见过，班上有男生捉来玩，用来捉弄女生，我很怕摸蝙蝠，那感觉怪怪的。如今在黄昏中看到飞来飞去的蝙蝠，还是觉得很亲切。

半夏写蝙蝠的那篇随笔名为《睡早了一千五百年》。文章从午睡说起，说宰予因为睡午觉，被孔子捉了个正着。孔先生批评宰予，说出了那句著名的无奈："朽木不可雕也，粪土之墙不可杇也。"这句话倒是耳熟能详，但却不晓得是因为午睡而引起的。一千多年以后，赵佶钦命编了一本药方大全，叫作《圣济总录》，克制午睡的药方有了："五两伏翼一枚，云实牵牛雌黄丹砂若干，研末团成绿豆大蜜丸，饭后若干丸，木通汤送下。"半夏在文中感慨，若是宰予同学当初喝下此丸，就不会挨骂了。药方中的伏翼，就是蝙蝠，蝙蝠入药，古已有之，克制午睡方是其中一种。

周作人先生的《看云集》中有一篇《关于蝙蝠》的通信，是沈启无与周作人谈蝙蝠的来往信件。那时师生二人还没反目，沈启无在信中说，某夜从苦雨斋归家，在路上忽见几只蝙蝠飞来飞去，说还是第一次在闹市看到蝙蝠。信中写了关于蝙蝠由来的传说，说蝙蝠是由老鼠变的，因老鼠偷盐或者偷油吃变的。信中回忆小时候大人教捉蝙蝠的方法颇有意思，方法是脱下一只鞋，向空中抛去，蝙蝠自会钻进里边去，就容易捉住了。周作人先生在回信中谈了些日本关于蝙蝠的儿歌、俳句等。有趣的如北原白秋在《日本的童谣》中所说："我们做儿童的时候，吃过晚饭就到外边去，叫蝙蝠或是追蝙蝠玩。我的家是酒坊，酒仓左近常有蝙蝠飞翔。而且蝙蝠喜欢喝酒。我们捉到蝙蝠，把酒倒在碟子里，拉住它的翅膀，伏在里边给它酒喝。蝙蝠就红了脸，醉了，或者老鼠似的吱吱地叫了。"周作人先生翻译的几首蝙蝠的俳句也有味道："蝙蝠呀，屋顶草长——圆觉寺。"

昨天清晨六点在楼下我也看到蝙蝠飞来飞去，时高时低，速度很快。六点半以后，就看不到蝙蝠了。

《乡言解颐》，秋后的蚂蚱

阴了两天，昨晚我却看见了圆月，不是很清晰，看日历昨天是阴历九月十五。今天天气极好，阳光很灿烂。

上周我把孟晖的《潘金莲的发型》看完了。那是一本很有趣的书，看书时，同时参照着翻了翻沈从文先生的《中国古代服饰研究》和许嘉璐先生的《中国古代衣食住行》。

周末在一个论坛上看到《乡言解颐》，作者是清道光年间的李光庭。觉得《乡言解颐》很眼熟，后来我才想起曾在周作人先生的书中看到过。在周作人自编文集的《书房一角》中，有《题乡言解颐》一文。在文中周先生略记了得此书的过程，并写道："朴园诗虽卷卷有张南山批点题咏，以余观之，其可喜终不及《乡言》，而《乡言》中之记述注解亦比所收韵语为可贵。"以此看，周作人先生是颇喜欢此书的。

我大略看了一下《乡言解颐》，也觉有趣。如在卷四物部中《庖厨十事》中记的厨房用具几项就很有意思。记有砂锅、蒸笼、水瓢、笊篱等。如水瓢，用葫芦做，因葫芦味甘，等葫芦老了的时候，锯成瓢。葫芦做的水瓢没用过，记得小时候家里用的水瓢是木头做的，后来也用过塑料的，现在家里却是水瓢都没有了。而笊篱，因现在也是厨房的必备品，看着就更可喜。只是我们不叫笊篱，叫漏瓢，虽材质不再是以前用竹子做的，而是不锈钢的。文中记："笊篱用以浙米、捞面、抄蔬菜，水去不留，网疏不漏，古人制器之妙义也。三家村店以破笊篱悬于门前柳枝上，以当望子，似觉可笑。然较之挂干肉一片者，则素净多多矣。"

接着往下看到蚂蚱，李光庭这样写道："《诗》诗阜螽，《尔雅》记土螽，种类同而形与名小异耳。大腹短翼者曰'聒聒'。善鸣身长而头锐者曰'担杖'。又有'官儿娘子'之称，盖缘其复翅若红裙也。其土色而身中头圆者，则谓之蚂蚱，即蝗虫也。嘴利于剪，最为禾稼之害。得之去头翅足，以油盐烙食之，中有黄者尤肥，赵仲吾文有同嗜焉。"看到文中说油盐烙食之就想笑，我们四川人一贯叫蚂蚱为油炸蜢，那不就是油炸吃的吗？不过，我没吃过，小时候是常捉来玩儿的。查了一下，蚱蜢的种类很多，飞蝗也是其中一种。

九月的时候，我在会展中心看摄影展，在会展中心外面的湖边逛了逛，因地处远郊，湖边荒草及膝，见到最多的就是蚂蚱，穿过草丛的时候，很多的蚂蚱就扑簌簌地纷纷跳开，速度极快，一只也捉不到。不久前，竟在家中看到了两只，不知哪儿飞来的，两只不一样，也不是同一天出现的。其中有一只绿得非常漂亮。两只蚂蚱落到不该来的地方，很容易就被捉到了，放在阳台上的草丛中转眼就不见了。

汪曾祺先生在《昆虫备忘录》一文中写到蚂蚱，说河北人把尖头绿蚂蚱叫"挂大扁儿"，这名字很有趣，文中还说徐文长曾觉得它的头可以蘸了墨写字画画，真的很有想象力。

星月童谣

　　看《儿童杂事诗笺释》很有趣，并且亲切。因为从诗中读到自己童年所经历的相似的事，比如一些游戏、玩具，还有儿歌。昨晚翻书，看《歌谣》诗："夏夜星光特地明，儿歌唱昕剧堪听。爬墙蜗蚁寻常有，踏煞绵羊出事体。"周作人先生在诗下注，儿歌《一颗星》最流行。钟叔河先生笺释录了这首儿歌，是《越谚》上的。读来有趣："一颗星，隔棂灯。两颗星，加油明。油瓶漏，好炒豆。炒得三颗乌焦豆，拨隔壁妈妈搽癞头。癞头臭，加乌豆。乌豆香，加辣姜。辣姜辣，加水獭。水獭尾巴长，加姨娘。姨娘耳朵聋，加裁缝。裁缝手脚慢，加只雁。雁会飞，加只鸡。鸡会啼，加蜗蚁。蜗蚁会爬墙，踏杀两只大绵羊。"书中说，这首《一颗星》是周家兄弟幼时常唱的儿歌。戊戌年六岁的四弟椿寿病亡后，周作人作了一首诗，题《冬夜有感》，诗云："空庭寂寞伴青灯，倍觉凄其感不胜，犹忆当年丹桂下，凭栏听唱《一颗星》。"读来颇感伤，作此诗时周作人先生十三岁。

读《一颗星》儿歌，想起了胡兰成的《今生今世》，在《韶华胜极》的《桃花》那节中也有一首相似的儿歌。翻出来看，只有一些字词不一样。胡兰成说，这是两三岁时，他母亲抱着看星，教他念的："一颗星，葛伦登，两颗星，嫁油瓶，油瓶漏，好炒豆，豆花香，嫁辣酱，辣酱辣，嫁水獭，水獭尾巴乌，嫁鹁鸪，鹁鸪耳朵聋，嫁裁缝。裁缝手脚慢，嫁只雁，雁会飞，嫁蜉蚁，蜉蚁会爬墙。"胡兰成说，这一颗星，葛伦登，到蜉蚁会爬墙，简直牵扯得无道理，又说"童谣本来都是念念，单是念也可以这样好听，就靠汉文章独有的字字音韵俱足"。

另外，周作人先生也说过儿歌"重在音节，多随韵接合，义不相贯"。"但就一二名物，涉想成趣，自感愉悦，不求会通，童谣难解"。

这种"随韵接合"的儿歌，小时候我也念过。昨晚想了好久，没有一首是跟星星有关的儿歌。记起的是跟月亮有关的儿歌。如《月亮走我也走》，是小时每每看到月亮就会念的儿歌："月亮走，我也走，我给月亮打烧酒，烧酒辣，买黄蜡，黄蜡苦，买豆腐，豆腐薄，买菱角，菱角尖，尖上天，天又高，好打刀，刀又快，好切菜，菜又青，好点灯，灯又亮，好算账，一算算到大天亮。"还有一首《月亮光光》："月亮月亮光光，芝麻芝麻烧香，烧死麻大姐，气死幺姑娘，幺姑娘不要哭，买个娃娃打鼓鼓，鼓鼓叫唤，买个灯盏，灯盏漏油，买个枕头，枕头开花，接个干妈，干妈脚小，一脚踩倒癞疙宝。"这两首成都儿歌须用本地话念，才有味道。念起来就想笑，也是东拉西扯。

年画·老鼠嫁女

　　读周作人先生的《书房一角》，有一篇《记嫁鼠词》。让我想起"老鼠嫁女"这个民间传说。文中引徐时栋《烟屿楼读书志》说："杭俗谓除夕鼠嫁女，窃履为轿。"另有《虞城志》记有"正月十七夜民间禁灯，以便鼠嫁"。在此文末周作人先生说："小时候曾见有花纸画此情景，很受小儿女的欢迎，不知现今还有否也。"

　　花纸，也就是年画。年画中的老鼠嫁女这个题材，我曾在周氏兄弟的文中反复读到过。鲁迅先生那篇是《朝花夕拾·狗猫鼠》，文中说："我的床前就贴着两张花纸，一是'八戒招赘'，满纸长嘴大耳，我以为不甚雅观；别的一张'老鼠成亲'却可爱，自新郎新妇以至傧相、宾客、执事，没有一个不是尖腮细腿，像煞读书人的，但穿的都是红衫绿裤。"周作人先生那篇是《儿童杂事诗笺释》中的《老鼠做亲》，文中说：

"老鼠今朝也做亲，灯笼火把闹盈门。新娘照例红衣裤，翘起胡须十许根。"

我大概是读了周氏兄弟写老鼠嫁女这个题材的诗文，看年画也就特别注意《老鼠嫁女》这幅，并且也很喜欢。中国的几大年画，如苏州桃花坞、天津杨柳青等这些地方太遥远，所出产的年画我也没有真正见识过，在成都附近的绵竹年画，也很有名。绵竹这个地方，跟我还是能扯上一些关系的，因为婆婆就是绵竹人，有不少亲戚住在绵竹。最近三年的春节，我都是在绵竹过的。我很早就听说过绵竹年画，但没有看到以前，是真的没什么感觉的。然而在看到第一眼后，就非常喜欢。恰好表妹小燕就在绵竹年画馆里工作。那时她就在家里加工年画，给画着色。她带我去年画馆看年画，我才弄清楚绵竹年画的特点，主要是木版印线条，人工彩绘，不套色制作。后来我看到了《老鼠嫁女》这幅，木刻印黑色的线条，着色浓淡有致，画面活泼有趣，想起了周作人先生写的花纸。小燕知道我喜欢这张，后来托人印了一张，自己上了色，找人带到成都给我。

今年春节我又去了绵竹，小燕说要送我一幅装裱过的，我说还是《老鼠嫁女》。离开绵竹的那天下午，再次去了年画馆，又看到那张《老鼠嫁女》。这两年间，年画的书我看了些。老鼠嫁女这个题材，各地年画的画法不一样，各地流传的故事情节也不同。我在《中国年画史》这本书中，看到一个《老鼠嫁女》的故事是这样的："老鼠欲将女儿嫁一有权势者，想到太阳最高，但太阳说可以为云遮掩，云又说可为风吹散，风怕高墙，墙怕老鼠钻洞，老鼠怕猫。最后决定以猫为女婿，于是吹吹打打送女出阁，最后全部被猫吞食。"绵竹年画《老鼠嫁女》表现的就是这个故事，画中老鼠吹吹打打，抬着花轿，一只大猫正虎视眈眈地在一角盯着。

关于老鼠嫁女的时间也是说法不一，但大多是在正月间。江苏镇江儿歌《老鼠嫁女儿》也很有趣："天上有个月，地上有个阙，打水蛤蟆跳过阙。我在苏州背砻码，看见老鼠嫁女儿，龟吹箫，鳖打鼓，两个刚虾朝前舞。乌鱼来看灯，鲢鱼来送嫁，一送，送到轿顶上，一跌，仰把叉，一路哭到家。告诉姆妈，姆妈要骂；告诉爹爹，爹爹要打。"

看来看去或秘密交流

　　早晨无事时翻看几页《追忆逝水年华》，现在看的是第三部《盖尔芒特家那边》。这一部还有四十几页就看完了。书中大量写了盖尔芒特家族及盖尔芒特家的沙龙，还有主人公在此部开头暗恋的对象盖尔芒特夫人。在回忆盖尔芒特家宴会时写道："冬天时宴会只招待椴花茶，在温暖的灯光下喝椴花茶，而在夏天从来只招待橘子水，而主人公却能得到特殊照顾，喝到樱桃汁或梨汁。椴花茶让我无比好奇，椴花是什么花。"于是普鲁斯特在这里对果汁作了一番描绘："没有什么能比一种果子的颜色转化成美味更让人喜欢的了，煮过的果子，仿佛退回到了开花的季节，果汁就像春天的果园，呈现出紫红色，或者像果树下的和风、天色，清凉，让人一滴一滴地呼吸，一滴滴地凝视。"这段写得真好啊。我曾经也很喜欢喝果汁，那还是在没有被茶迷上以前，现在偶尔喝果汁，也只喝西瓜汁和葡萄汁。

周六中午去春熙路买东西，在车上想起了厂北路的旧书店，已有半年多没去过，我还真有点儿想去看看，而76路刚好在书店对面有一站，于是便一路坐到了东郊。近半年没到东边来了，建设路变化不小，靠近二环路的一些原来的国营大厂都"消失"了，某房地产公司打着醒目的广告。还好那一排旧书店还在，挨着把几家旧书店看了看，觉得时间在这里过得好快，两个小时转眼就过去了，找到一本1975年人民卫生出版社出版的《本草纲目》第三册，书干净整洁。三十年的书了，不容易。这个版本不错，我看了不少新版的《本草纲目》，没有一本是喜欢的。这个版本一共四册，每册都厚厚的，有六百多页，十块钱，店主卖得很不高兴，意思是便宜了。

我回去时在东大街下车，去伊藤买东西，出来后想起了那家卖碟的。就找到那道小门进去，里面极安静，与外面春熙路的繁华喧嚣简直是两个世界。我去一楼找没找到，理发店的人告知搬到二楼去了。于是我又上到二楼，门是开着的，进去空空无人，看到其中一间挂着蓝印花布门帘，就知在里面了。掀帘进去，果不其然，里面有几个选碟的。屋子小小的。这个碟店的地址是某博友悄悄告知的，虽然拿到这个地址很久了，真正进来买碟还是第一次。春熙路却是常过来，但这个店开门是下午，所以每次都不凑巧，这次难得我是下午过来，在里面待了一个多小时，选了几张碟，伯格曼的《冬日之光》和《野草莓》，塔科夫斯基的《镜子》，还想着那部《乡愁》，这里没看到，选了日本的《蝉时雨》和《怪谈》。时间太紧，还有几部喜欢的，改天过来买。老板推荐碟版的《香水》，我犹豫了一下，聚斯金德的小说非常好看，对电影不敢抱太大的希望，想看看别人的评论再说。

昨天下午看《蝉时雨》，李长之先生在随笔《蝉噪如雨乡土情》中写道："《蝉噪》写的是一个武家少年从十五岁开始的二十年成长历程，有秘剑，有友情、亲情，也有淡淡的爱情，那是一种'爱怜之情'，这样的恋情才强烈而持久。"李长之先生在看了这部根据藤泽周平的小说改编的电影后，居然也兴致盎然地去寻访藤泽周平的家乡，也就是小说发生地，不知是否也是电影拍摄地。文中写道："我坐在圆照寺檐下，蝉噪如雨，打开刚买来的当地特产盐渍小茄子品尝。"

"当时轻别意中人"

　　这两日又降温了，雨依旧下，风雨交加，这些天每天都是"夜阑卧听风吹雨"。昨晚看了几篇怀特的《这就是纽约》，文中谈到环保和开发的话题，读来颇有感触，尽管这些文章是怀特于1971年写的，现在看来也不过时，如说到环保，有一家石油公司想在缅因州的某个岛上建个精炼厂，这个计划令当地人非常痛恨。于是召开公众会议，人员众多且繁杂，有当地官员、厂方代表。赞成方包括当地官员，希望石油公司创造就业机会，推动镇上的经济发展；反对方有当地的龙虾协会、鸟类协会，各类环保组织，还有为了击败石油公司计划匆忙成立的行动组织，双方辩论，之后还有听证，到底这件事的结果如何，怀特在这篇《元月纪事》中没有提到。联想到国内近几年也频频有炼油厂选址的事。怀特在文中还说到开发，几十年前发生在美国的事，跟我们这里现在某些古镇的开发、打造都是那么相似，怀特说佛罗里达州开发后，他再也不想去了，如成都附近的一些镇，十几年前的时候，还真有些川西古镇的味道，近年花了很多钱打造出来，后来再去看，打死都不想再去了的想法就特别强烈。

怀特1956年写下的一些观点我深以为然，如怀特说："在我看来，许多再普通的假设，都有武断之嫌：新的好于旧的，没经历过的胜于经历过的，复杂的比简单的先进，快的比慢的迅速，大的比小的惊人，人类作为建筑师重新塑造的世界，要比他为了迁就自己的趣味和癫狂动手改造一切之前就已经存在的那个世界，来得更完美、更顺眼。"

在"闲闲书话"看帖，看到网友的一个"当时轻别意中人"的帖，这是晏殊的词《踏莎行》中的一句，全词为："碧海无波，瑶台有路。思量便合双飞去。当时轻别意中人，山长水远知何处。绮席凝尘，香闺掩雾。红笺小字凭谁附。高楼目尽欲黄昏，梧桐叶上潇潇雨。"帖的内容是关于错过自己中意的书的经历，我这些天正在后悔错过了一本书，也顺手牵羊用这个题目来写写。

　　前些天我去玉林买菜顺便到处走走，在博知堂书店看到了王道乾先生译的普鲁斯特的《驳圣伯夫》，是上海译文出版社出版的新书。我翻着这本书的时候，想起了去年夏天我在石羊场一家旧书店看到的同样书名的书。那天我在石羊场的旧市场逛了逛，问了问点杀鸡的价格，那时候，市内菜场都不准点杀活鸡了。我想去新菜市场找找，听说那个新市场很大。问清路怎么走，不是很远，我就走过去。石羊场周边都没有田地了，到处是房地产公司圈起来的地，让人感觉有些空落落的。冷清的街道旁还有一小块一小块种着蔬菜的地，种着丝瓜、豇豆等，荒着的田地蒿草齐人高，路边有圆叶蓝色的牵牛花开得很茂盛。过铁道不远，我就在路边看到一家旧书店，心想在这么荒凉的地方，竟还有旧书店，实属难得。店里旧书很多，摆放得乱七八糟，就这本《驳圣伯夫》我翻了翻，书并不旧，十几年前出版的。普鲁斯特的书我是喜欢的，除了《追忆逝水年华》，当然这书我没读完。我还买过普鲁斯特的散文，但《驳圣伯夫》这本书，之前没听说过。

我当时又忘了看译者，犹豫了一会儿，就放下了。后来我还经常想起这本书，有时候还想，会不会这本书还在那家旧书店里呢，也曾动过心再去一趟。那天在博知堂看到这本书是王道乾先生译的，更是后悔。说起来这本书既然新版的都有，想要阅读都是轻而易举的事。可为何我还是有些恋恋不舍那本旧的《驳圣伯夫》呢?

消　夏

消　夏

　　周一收到杉浦日向子的《一日江户人》，翻着看觉得有趣。除了画儿看着好玩，杉浦日向子的文字也有趣。书中有一节写江户时人们如何消夏，一般的平民，到了夏天最热的那一个月，就要休假，要度暑假，但又没钱怎么办呢？有些人就把被子拿去当掉，被子在当时平民财产家具中算贵重的物品了。过了夏天又要把被子赎回来，想想真是觉得很洒脱。怎么消夏呢？大概是每天泡澡堂，在理发店谈天说地等。到了傍晚，在门前摆上几盘棋，或是去桥上屋顶看烟花，或啃着玉米或西瓜去河堤上散步。

　　杉浦日向子画的夏天必备道具有团扇、竹帘、牵牛花苗、风铃、蚊香，还有金鱼缸、萤火虫和冰镇瓜。下面还写道，在房间里挂上画有瀑布的画儿觉得更凉快，要是还嫌不够就挂上幽灵的画儿，最后这句差点儿把我笑倒。想起岛崎藤村在《短夜》中写夏天必用品有蚊帐、团扇、竹帘。

以上写的这几样夏天的物品，有的我小时候夏天用过，所以看着也觉得亲切。扇子，是夏天必备的。有蒲扇，圆的，扇起来风大；还有竹篾编的扇子，这种要轻巧些，当然风也要小些。蚊香，印象最深的是那种用纸包的长长的一条条的蚊烟，我们叫蚊烟，烟不是一般的浓，气味也重。我记得卖蚊烟的是挑着担子穿街走巷，黄昏的时候才出现，因为那时家里才有大人。吃过晚饭后一家人都在屋外纳凉时点蚊烟，用一根长的木条，把蚊烟放在上面点燃，搁在屋内，关上门，然后屋内就会烟雾弥漫地熏蚊子，到了夜里晚些时候，等烟散了后才回屋睡觉。再有就是蚊帐了，很令我怀念。岛崎藤村在《短夜》一文中，说往昔的俳人懂得如何在蚊帐内放了萤火虫赏玩，萤火虫我没见过，我小时是要把捉的蜻蜓放进蚊帐里的，一不让蜻蜓飞走，再有以为蜻蜓是要吃蚊子的。

过去的夏天必用的除了扇子、蚊烟、蚊帐外，还有凉席，睡前用热水抹一遍，睡在上面就感觉冰凉了，还有马架椅，白天不用时收起来放在角落里，纳凉时我常睡在上面。牵牛花也是有的，夏夜里开着的花是晚饭花，有淡淡的清香。

一九三六年的《西窗集》

　　昨天上午去了草堂的书市，很久没过来了，上一次过来是汶川地震的前一天。那时是初夏，如今已是初秋了，书市依旧热闹，在卖连环画的摊前翻了半天，挑了本高尔基的《童年》。我不收藏连环画，偶尔碰到合适的买一本，比如小时看过的，价格不贵，我就会买。这本《童年》五块钱，十年前，我在昆明西山也以同样的价格买过几本小时看过的连环画，纯属怀旧。我蹲在那里翻着这本小人书，一篇篇都是熟悉的画面，那些画面也常常出现在脑海，十几年前，为了洗清这段记忆，我把高尔基的三部曲重新读过，但是《童年》小人书留下的记忆依旧抹不去。翻书的时候，从书页里滑出一张糖纸，塑料糖纸，上海的金鸡奶糖，又是记忆深处的东西。小时候收藏过糖纸，爱得不得了，去年看龚静的博文，她也为小时这种爱好写过一篇随笔。我小心地把这张糖纸捡起来，放回书页里。

离开书市时，我在一间放满旧书的屋里，翻出了一本画册，是人民美术出版社1978年出版的《法国十九世纪农村风景画》，活页，大张，看起来特别舒服。三十年前的画册，保存得很完好，有莫奈、雷诺阿、米莱、柯罗、毕沙罗等画家的画儿。有二十几张，当时没来得及一张张去数是不是完整的，想着是活页，或许会少几张也是情有可原的，回家仔细对照目录看下来，二十八张全在，实在令人惊奇。

再就是《西窗集》这本书了。这本书是翻上面那本画册的时候，我一边跟老板讲价，一边顺手从旁边的一堆画册中翻出来的。仔细看是卞之琳先生译的《西窗集》，再看后面的出版日期，1936年上海商务印书馆出版的。算着时间，七十二年了，这么老的书，不必说，书页很黄了。令人爱不释手的是它的装帧设计，硬壳布封，书小巧，很隽永的感觉。书里有卞之琳先生译的诗、随笔及小说。差不多都是耳熟能详的欧美作家，有里尔克、普鲁斯特、伍尔芙、纪德等。里面有一个名字特别吸引我，就是西班牙著名作家阿佐林。我曾无数次看到过这个名字，但至今阿佐林的东西一篇都没读过。书里收了卞先生译的阿佐林的几篇随笔和一篇小说。我站在那儿把《阿佐林是古怪的》这篇看完了，原来文章是这么短。记得汪曾祺先生在《晚翠文谈新编》中，有一篇文章也叫《阿索林是古怪的》（后来出版的书，阿佐林被译成了阿索林）。汪曾祺先生在这篇文章的第一句话就写道"阿索林是我终生膜拜的作家"，而且在这本书的其他文章中也谈到过阿索林的文风。中国香港的黄俊东先生，曾在他的书话集《猎书小记》中，写过卞之琳先生的《西窗集》及阿索林的随笔。冲着阿索林，这本书我也的确喜欢，贵一点儿我也买下了。

回家后我迫不及待地把阿索林的几篇随笔和一篇小说《白》看了，难怪，真是好。用黄俊东先生的话来说，文笔简洁朴实又不失精细，没有形容词，没有比喻，也没有故事结构，却充满了亲切的情感。几篇小品中我最喜欢《上书院去的路》，这篇小品是描写上学前的心情，读来竟跟自己上学前的心情如此相似。记得那年快上小学了，既兴奋，又惶恐，邻居和母亲单位上的人，总是打趣我，说要拴牛鼻子了，就是被约束的意思，弄得我怕得不得了。实际上，我上学后的确有一段时间不能适应，又遇上了一位可怕的老师，为此还逃过一次学。

在网上搜索了一下，找到了电子版的戴望舒先生和徐霞村先生译的阿索林的《西班牙小景》，当年周作人先生在读了这本书后曾写道："要到什么时候我才能写这样的文章呢！"

黑泽明的《梦》及其他

　　近日看完了两本书，都很好看，读起来相当流畅。黑泽明的自传《蛤蟆的油》和约翰·欧文的小说《寡居的一年》。

　　《蛤蟆的油》简练率性，这本自传比我想象的好读。黑泽明用了大量篇幅详细地写了年少时的生活，几乎占了本书的一半，后半部回忆在电影公司工作的经历。做副导演、导演，拍片等。写童年的生活有的很有趣，想到十几岁的黑泽明，在学校干的蠢事，就忍不住想笑。看这本书的时候，想起了前些年看的黑泽明的电影《梦》，这时才明白电影里有些片段原来是有迹可寻的。《梦》一共由八个梦组成，其中有几个很唯美，黑泽明爱画画儿，他在美术方面有较高的造诣。在自传里曾写到他对塞尚、凡·高十分倾慕，《梦》里有一段，就表现了对凡·高的致敬。凡·高的画在片中复活了，阿尔的吊桥、麦田、群鸦，还有割了耳朵的凡·高。最后一个梦，是一个如桃花源般的流水潺潺的村子，鲜花盛开。黑泽明父亲的故乡是秋田县一个叫车川的村子，以前是偏僻的乡村，村子里有一条流水欢畅、水草摇曳的小河，这个乡村朴素的美随处可见，淳朴，长宁如年。黑泽明在中学假期曾去过这里，到了写这本自传的 20 世纪 70 年代，这个偏僻的小村已彻底改变，环境也受到了污染，河里到处是垃圾。黑泽明在书中写道："大自然是很会装扮自己的，她很少自己破坏自己的面貌。丑化自然的，是丑恶的人们的败德行为。"1990 年，黑泽明拍《梦》，把对这个遥远山村的怀念，用影像的方式表现了出来。

顺便提一下约翰·欧文，近半年来读了他两部长篇小说，《盖普眼中的世界》和《寡居的一年》，两本都不错，欧文的小说很吸引人，看得我放不下。每到小说快结束时，都恋恋不舍。他小说的叙述技巧很迷人，很特别的是，欧文设置的小说人物，大都是作家，有平庸的作家，有成功的作家，小说里面套小说。后来又把能找到的根据欧文小说改编的电影找来看了，有《寡居的一年》，看了小说再看电影，真是索然无味，电影只采用了小说的三分之一，不过倒是非常忠实于原著的。另一部是没看过小说的《苹果酒屋法则》，又叫《总有骄阳》，看了这部片子，觉得还不错，更想看小说了。

天气好像终于要暖和起来了。这两天下了雨，上午去衣冠庙邮局取包裹，回来的时候沿玉林几条安静的小巷走回来。路上看到艳丽的碧桃，垂丝海棠也星星点点地开了，还有白色的早樱也陆续在开。去菜市，看到有卖棉花草的，就买了些。想蒸棉花草馍馍，去年春天也蒸过。在网上查了查方法，大多要在里面放馅，芽菜肉馅或甜的汤圆心子馅，这些都有现成的，去年蒸时什么都没放，只是和面时放了些白糖。

择棉花草花了些时间，不到一斤，却觉得特别多。一根根选过，只挑嫩的部分，洗了几遍后用开水焯过，挤干水，切得很细，把糯米粉和棉花草加水和匀，芽菜肉末炒过，像汤圆那样包起来，本应用叶子包起来定型的，一时也找不到，就按有的方法摘了十几片柚子叶洗干净垫在下面，柚子叶受热后很香。蒸半个小时，好吃是好吃，还是不满意，跟去年的问题一样，糯米太软，一蒸就粘在一起。和面时应该放些大米粉进去，这个之前我就想到过，只是大米粉一时半会儿找不到，下次蒸时要先把大米粉准备好。

路上

北京流水

北京流水

香　山

去香山那天是十一月十日。我刚到北京那几天，还不是特别冷，想着香山的红叶或许还没凋零吧。头天晚上看地图查去香山的乘车路线，刚好住的新街口附近有331路到香山，只希望去香山时天气好。

十日早上七点刚过就起来了，没有太阳，天气阴沉沉的很冷。从文慧园路走到小西天的车站，在站台上却没看到331路的路牌，只好坐了两站，在铁狮子胡同站下来等到了331路。车上很拥挤，路途非常遥远，站了一个多小时才到终点站香山。这疲惫不堪的一个多小时已使得我的登山兴致大减。

下了车又走了好长一段路，路上才发现来香山的人可真多啊，可谓人山人海，这也是事先没预料到的，好像旅行团特别多。这条街好像叫买卖街，两旁店铺很多卖吃的，干果类的多，炒栗子的也不少。最让我高兴的是在买卖街上拍到了树上的柿子，这是我第一次看到红红的柿子挂在树上，光秃秃的枝丫上就挂着几个柿子，特别好看。当然后来很多时候，我又在北京城里的许多地方看到过树上的柿子，那时就觉得柿树在北方很平常。

香山的门票比我想象的便宜些，旺季是十块钱，淡季是五块钱。虽然香山红叶节已经结束，门票依旧还是十块钱。我差不多是跟着人流上山的，虽已是冬天，山上树木还很葱茏，郁郁葱葱的多是松树，红叶看到的并不多，有一片片的叶呈红黄色的黄栌树，没有我想象那般漫山遍野的红叶。经过的景点也无心看，只想爬上山顶。据资料介绍，香山最高峰香炉峰海拔有五百多米。说起来五百多米不算高，在蜀中我也常常要去爬山，三千多米的峨眉山都不在话下。

爬到半山，人流渐渐少些了，半山上的"西山晴雪"石碑我也没仔细看。这时天转晴，太阳出来了。

从半山腰开始，山路开始有些陡峭，爬起来很累，也很热，外套也脱了。看到头顶的鬼见愁，觉得还有好高，都想下山了，只不过觉得不上山顶有些可惜。那时一门心思就想上到山顶后，一定坐缆车下山。

终于在歇了无数次后上了山顶。山顶上人很多，学生特别多，成群结队。香炉峰上比较平坦。很多人都坐在山顶上晒太阳。山风吹来，就觉得很冷了，赶紧穿上衣服。站在山顶看山下，灰蒙蒙的，却看见对面山坡上的一片片红叶很漂亮，忽然觉得红叶是适合远观的。

本来想坐缆车下山，看了看价钱，下山要三十块钱，又觉得舍不得。在山顶没待多长时间就下山了。下山当然一点儿不累，而且很快就下来了，山脚的勤政殿外面的元宝枫红得非常漂亮。在331路站台上车回城，从起点站坐车有座位，回城也觉得快些。在五道口下了车，去光合作用书店逛了逛。买了本韩少功译的费尔南多·佩索阿的《惶然录》，出来四点过，乘车回文慧园路。

喜鹊，海棠

11月11日，星期六。早上七点过起来，看窗外已阳光明媚。八点过，走出如家的大堂。在文慧园路口的一家成都小吃店买了两根油条。看着油条在油锅里翻滚，迅速膨胀起来，想着入口后的又脆又香，在寒冷的风中等待也是乐事。除了油条，当地人还喜欢一种炸油饼。原料是一样的，只是不再把面条拉长扭曲，而只简单地把一块面拉成长方形，扔进油锅里，很快也炸成金黄色，泡泡的，看起来也可口。早餐在街头的小食店等现炸的油条，这是已多年不曾有的事了。吃油条当然就着一碗烫烫的甜豆浆是最好，想起上学的时候可以吃两根油条、一碗豆浆，最喜欢的吃法就是把油条泡在豆浆里。这个在北京的早上，因为赶时间，我只拿着两根油条在路上边走边吃。

在明光村乘604路公交车去北京语言大学。过蓟门桥后路中有一段郁郁葱葱的林带，地图上标着蓟门烟树，是"燕京八景"之一。后来看一篇写老北京的文章，说是在许多年前，在蓟门烟树一带，看得见西山。从去年到今年，多次坐车经过这里，每次都想下车在这里走走，又觉得离住地太远而放弃。

到北京语言大学已近九点，从靠近学院路这边的门进去。在一教学楼外面等人，尽管阳光灿烂，但风吹起来还是冷飕飕的。后来我就进到大厅里，站到能晒到太阳的地方，加上大楼里有暖气，感觉非常暖和。近十点，上八楼。找的人未到，继续等下去。从八楼的窗口望出去，天非常蓝，校园内高大的梧桐、白杨、槐树都呈现初冬的景象。梧桐的黄叶还高高地挂在枝上，灰绿的杨树叶在风中忽忽飘落，听见清脆的鸟叫声从树林里传来。从窗口向下看，看到了那种有长长尾巴的鸟，尾巴浅蓝，背上浅灰，头黑色，腹部是白色。很多天后我才弄清楚，这是喜鹊。在北京语言大学那天，我有很长的时间在看着那几只喜鹊穿梭于树枝间。

想起去年初秋我来北京时就开始对喜鹊产生了兴趣，那时住在北京林业大学，周围树木很多，天天看见这种长尾巴的鸟在树林间飞来飞去，比一般的小鸟大一些，叫声也特别。但从来都只远远地看看，什么颜色都没看清楚过，那时十分好奇这到底是什么鸟啊。这次来北京的头两天，在树木茂盛的文慧园路的几条小街上又看到了，此鸟在空中飞过的姿态很好看。这些日子在北京看到的鸟，除了麻雀，就是喜鹊。

因为还要等到下午，中午的那段时间我就没有出校门，在校内的小店买了个面包，找了个能晒到太阳的凳子坐下。坐的那个地方旁边刚好有几株西府海棠，其实第一眼我并没有认出来是什么树，是看到树干上挂有木牌才晓得的。树很茂盛，叶还是绿的，间杂着黄叶，红红的海棠果就挂在枝叶间，春天时我曾拍过西府海棠，花非常好看，从不曾见过西府海棠果，没想到也这么好看，很想摘一个果子，尝尝到底是什么味道，到底是树太高没办法。中午的阳光很灿烂，风也大，一阵阵吹过，杨树叶一阵阵"哗哗"地飘落，那景象很壮观、很美。地上铺着厚厚的落叶。有清洁工在不停地扫着，堆起好大一堆。我一直寻找喜鹊的身影，它们在树林间飞来飞去，却总是无法靠近。忽然看见一只喜鹊衔着红红的海棠果从头上飞过，我忍不住笑了。看来海棠果不难吃，不然鸟儿们是不会吃的，后来还是远远地拍了一张喜鹊。

许多天以后，我走路去白石桥的家乐福，路上经过动物园。那天天气也很好，在动物园旁边的街边草地上，又看到两只喜鹊，颜色与在北京语言大学看到的略有不同，一想靠近，喜鹊就转身离开，留给我的只有背影。

小雪，什刹海

11月22日，是二十四节气中的小雪。早晨七点过起来，看天很阴，上午无事，就想去什刹海走走。翻出地图看，离住的地方颇近，小西天过去一点就是积水潭。出门走在文慧园路上，有寒风阵阵扑面，感觉很冷。走着走着，觉着有冰冷东西打在脸上，疑心下雪了，再仔细看，果真是雪，细细的雨夹雪，后来还越来越大，心想这小雪节气在北方还真是这么灵啊。那时已在北京有半个月了，其间是一滴雨没下过。有这雨夹雪，感觉空气有些湿润了。

过了积水潭十字路口，旁边就是地铁站。从街边茂密的树丛间隐隐见右边有一个小山丘，上面有建筑。顺小道上去，看清建筑物名称叫通汇祠，看说明是后来建的。山上灌木丛生，很冷清，偶遇路人。山顶有郭守敬纪念馆，进馆看了看，郭守敬这个名字很熟。安静的纪念馆，只有我一个人在里面。在纪念馆大略看了看，才晓得元代时，郭守敬主持过北京的几项重大水利工程，晚年时曾任督水监，元代的水监就设在积水潭旁，差不多就是现在通汇祠的位置。从山顶就看得见西海了。

　　下山来到西海边，湖水寂静、迷蒙，此时是上午九点过，湖边有两个老人在晨练，其中一个老人身体的柔韧度，让我大吃一惊。湖边垂柳呈青灰色，芦苇却已是枯黄一片了。沿着湖岸，从西海向后海去。岸边的小路正在修，到处泥泞，更无行人，隐约看得见对岸。这条小路叫西海南沿，旁边就是胡同人家，心想住在这里真不错，面水而居。沿着泥泞路走得很艰难，中间有几次都想离开这条路穿过胡同到大街上去，还好没走多久，就进入了后海。后海比地图上看要大些，水面更宽阔，湖里有一群野鸭。远远地看见有一个塔，也不知是什么塔，迷蒙中挺好看。后海一派清寂，听说再冷点儿，湖水就要结冰。这么冷的天，湖边还有钓鱼的人。沿岸的杨树非常茂盛，也遇到沿湖跑步的人。也不知什么时候雪已停了，倒更冷。后来因时间的关系，我不可能再继续沿湖走下去，其实银锭桥还没到，就从后海旁边的胡同穿了出去。

后海旁边多酒吧，也是我早就知道的。此时上午酒吧大多关着门，清静得很。瞎逛中走到恭王府来了，以前看地图以为恭王府很远。恭王府外面很热闹，成群结队的旅行团进进出出。后花园如此人来人往，也让我失去了兴趣，那条街上开了不少卖旅游品的店。离开恭王府后，走进了柳荫街，真是名副其实，两旁柳树成荫，长得极茂盛，柳荫街也让我想起成都南河边以前也有一条小街叫柳荫街，曾经是一条非常安静的老街，现在没有了。

我一直在胡同里乱逛，喜欢胡同的安静，还有旧的模样。冬天的胡同萧索、清冷。无意间走到了辅仁大学旧址的那条小街上，一幢中西合璧的大楼矗立在眼前。静静地看那旧楼，也忘了拍照。正好那两天我在读顾随先生的一本谈诗词的书，当年顾随先生就是辅仁大学的教授，叶嘉莹先生是顾随先生的学生。喜欢台静农先生的《龙坡杂文》，台静农先生晚年的怀人忆旧文章，感情真挚，哀而不伤。台静农先生于1929年入辅仁大学为讲师，晚年写过一篇《北平辅仁旧事》，此文收入《龙坡杂文》一书中。

离开辅仁大学旧址，看时间已近中午，要坐车回小西天，我就从胡同出来到了大街上，找到车站看站牌，才知那地方叫厂桥。

宫门口二条十九号

北京阜成门内大街宫门口二条十九号，是现今的鲁迅博物馆。里面包括曾经的西三条二十一号院，鲁迅先生于1924年到1926年的两年多时间曾在此居住。在《鲁迅日记》中可查到，当初鲁迅先生从八道湾胡同搬出来后，在砖塔胡同住了几个月，其间有好长一段时间为了买到合适的房子，曾到处看房。最后终于看中了西三条二十一号院，并亲自设计，于1924年

5月与母亲和朱安搬了进来，住到 1926 年 8 月去了厦门。

去鲁迅博物馆那天是 11 月 19 日。从地图上看，鲁迅博物馆非常清楚地标在阜成门大街附近。去时是上午，阳光很好，从索家坟乘 604 路，听着售票员报阜成门大街站时下了车。一下车看着车流如织的大街，一下子就找不着北了，在街边拿出地图看，明确了鲁迅博物馆的大致方位，感觉不是很远。过了街就进了阜成门内大街，这是条很热闹的大街，我边走边注意街旁边的胡同。街上有很多卖吃的小店，远远地闻着香就感觉饿了，于是买了一个刚煎好的牛肉饼，吃来味道还真不错。没走多远，就吃完了，我折回去又买了一个。

稍后注意旁边有一条街，不大不小，也没看到路牌，就走了进去。街上有繁茂的槐树，还算安静，两旁开有饭馆，不是很长的街，走到底鲁迅博物馆就出现在眼前，令我大感意外，没想到这么顺利。鲁迅博物馆的大门是朱红色，门掩着。在大门外看到一则告示，说馆内装修没有开放。我有些失落，不死心，还是进去了。馆内的保安看到我，就不让再进里面了，我说就站在这里拍几张院内的照片。其实我看到的只是陈列馆的一部分，先生曾住的小院在哪里我都不知道，还想看日记中记载的请云松阁花匠植的丁香，听说丁香还在，并且长得很好，却无法看到。

站那儿四处打量的时候，正好有一对年轻的男女也进来，听说馆内装修不能进去也很失望，一看就跟我一样是外地来的，实在是扫兴。临走时我问保安，八道湾胡同在哪里，他们回答说听说离这里很远，具体在什么地方就不晓得了。

离开宫门口二条，我还想找八道湾胡同。顺着大街往东走，一路向路人打听八道湾胡同，没有人知道。经过北塔寺，不想进去，问卖票的大姐八道湾胡同在哪里，她也不知道，但明确说不在附近。后来想出租车司机应该知道吧，拦下一辆出租车问，结果也不知道，彻底失望。于是，我慢悠悠地往回走，逛进了白塔寺旁边的一条胡同，澄净的蓝天下，白塔很好看。胡同长长的，很窄。阳光很温暖，胡同很安静，墙上的草都枯萎了。往里走拐进旁边的胡同，看住有人家的院子，没敢进去，经过时看几眼，院内给人杂乱的感觉。胡同里总有高大茂盛的杨树，风吹过，听见树叶"哗哗"作响，且落叶纷纷。

八道湾胡同十一号院

那天从鲁迅博物馆回来后，一直为没能找到八道湾胡同遗憾，我不想留下遗憾离京。抱着下次或许八道湾胡同十一号院就没有的念头，又上网查，终于弄清楚了八道湾胡同的位置，在新街口附近的西直门内大街，赵登禹路，这些名称都离自己住的地方很近。

11月21日，一早起来看天色不错，从索家坟出来走到德胜门内大街。阳光明亮，照着暖融融的，在积水潭拐进新街口大街。边走边看地图，先找到了徐悲鸿纪念馆，远远地望了一眼纪念馆，馆内一株柿树上挂着几个红红的柿子，在冬日的阳光下很好看。新街口大街很热闹，两旁有很多胡同。走了很久，终于看到西直门内大街，这条街也是老街，在街上看到一家中国书店，前些天曾在琉璃厂的中国书店买了一本

《帝京景物略》，原本不打算进去的，在外面看到店内一架架书柜上标着旧书的字样，就立马有了兴趣。店堂分里外两个部分，旧书占绝大多数，每本都标了价，很整洁。我匆匆看了看，还想着八道湾胡同，就打算改天再来看个仔细。出了中国书店继续往西走，后来就看到赵登禹路，其实这路名多么熟悉，因为之前已无数次地看见过，还对这街名有过猜想。

进了赵登禹路，记得在网上查到的资料说八道湾胡同在赵登禹路的北口。没走几步到了第一条胡同，去看路牌，居然就是八道湾胡同，着实令我惊喜异常。一条灰扑扑的小巷，极安静，这就是我牵挂已久的胡同。刚进胡同，就遇一男子，五十多岁。看我拿着相机，问我找哪里，我说十一号。他就如数家珍般地说起了十一号院的事，如鲁迅先生在这里写过什么，啥时搬走，然后又说起周作人先生，路过一院门，男子说他就住这里。他把我带到通向十一号院的一个过道，不是正门。虽然早已知道十一号已是大杂院，不过亲眼看到还是大吃一惊。一条窄窄的通道，两旁都是搭建的低矮屋子，非常拥挤、杂乱。

拐弯抹角的通道，实在难以想象十一号院过去的模样了。中间有被乱七八糟的建筑包围的瓦屋，看着有往日的痕迹。还有几株高大的树，不知是否是以前的树。在这样的通道里穿行，左右都是人家，仿佛在窥探别人的隐私，实在是觉得非常不好意思。我不敢再接着往里走了，再看也看不出个所以然。什么前院、后院、西墙、东墙，全都看不明白。

院子里曾经还挖了个小池，在鲁迅先生的小说《鸭的喜剧》一文中写到过，小池长有三尺，宽有二尺，本来是想种荷花的，鲁迅先生说结果是半朵荷花都没养出来过，"然而养虾蟆却是实在是一个极合式的处所"。那个小池闹出了很多喜剧。周静子在《回忆伯父鲁迅》一文中写那个小池因为地面差不多高低，孩子很容易掉进池子里去。文中写道："一听到'扑通'的声音，爱罗先珂[①]总是大声地问：'又是哪一个小孩子掉进池子里去啦？'他的问就引起大家的哄笑。"

其实在周作人先生的文中写八道湾胡同十一号的

---

① 俄国盲诗人。

地方并不多。在《冬天的麻雀》一文中提到过院中的植物，有一株半枯的丁香，一丛黄蜡梅，还有一棵槐树。我看院中有几棵树，都长得高大茂盛，却弄不清楚有没有槐树。

八道湾胡同十一号院是1919年鲁迅先生一手打理的。翻鲁迅先生的日记，从1919年2月起，他到处看房，直到8月19号买下十一号院，之后的两个多月就是隔三岔五地为这房子奔忙。如那年的日记有十月五日"午后往徐吉轩寓招之同往八道弯，收房九间"。六日"午后往警察厅报修理房屋事"。"十日晴。休假。上午往八道弯视修理房屋。"十一月二十一日记"上午与二弟眷属俱移入八道弯宅"。鲁迅先生在这里住了三年多，《阿Q正传》就是在这里写成的，1926年搬离。周作人先生在这里住了四十多年，至1967年5月去世。文洁若先生的《苦雨斋主人的晚年》一文，写了周作人晚年在八道湾胡同十一号院的状况。

那天在八道湾胡同十一号院盲目乱穿，处处都是住得相当拥挤的人家。听说这个院子住了好几十户人家，可以想象十一号院还是很大的。后来是从十一号院的正门出去的，看清楚了那个小小的蓝底白字的门牌号，院门外左边种着几排花草，右边晒着大白菜。也是寻常生活温暖的一幕。

阿坝日记

2005 年阿坝日记

八月十二日　雨　晴　成都——茂县

　　清晨四五点钟被雨声惊醒，即将出行却下雨，我非常担心计划受阻。早上八点刚过，与朋友会合后，给茂县朋友打电话，问那里的天气情况，朋友说天气好，阳光灿烂，这才把心放下来。川西高原的天气跟成都平原的天气差别还真是大。

　　九点刚过上路，一行三辆车，几家人。上成灌高速，抵都江堰市，一直雨雾蒙蒙。出了都江堰市不久，雨渐渐停了。213 国道都江堰段，几乎还算通畅，车速是快不起来的，因为修紫坪铺水库，路烂、车多。常跑这条线的茂县人何大哥说，只要过了阿坝的映秀，就很好走了。过了漩口不久，我们忽然觉得公路上非常清静，有好长一段时间对面没有来车。我只想到清静就好，颇有经验的何大哥说，前面肯定堵车了，这条路车流量是很大的，看不到来车就有问题。车终于开到了排成长龙的车队后面，下车打听，前面有小滑坡，正在抢修。还好在这里没有等多久，半个小时左右就通车了。

一路沿岷江而上，两边都是连绵的高山。阳光透明，空气清新，往西行风渐渐有了凉意。在映秀和茂县之间，路边不时有当地村民拿着向日葵花盘兜售，是成熟的向日葵。师哥停车去路边买了一个回来，掰成几块，大家分着吃。我拿着新鲜的向日葵花盘又惊又喜，葵花子长得饱满、结实，排得密密的，一颗颗剥下来吃特别好玩，并且我才发现新鲜的葵花子很好吃，水分重，清新。在城里偶尔也会有卖葵花盘的，我虽然很喜欢，但总是嫌不好，价也贵。师哥买的是四块钱一个，我打算回去的时候买两个。

车过汶川，是下午两点左右。穿过这座有藏族风格的小县城，茂县就很近了。还在汶川前，就发现沿路都是艳丽的蜀葵。长得高高的，花一朵一朵开上去，在有人家的门前，蜀葵是一丛丛的，有惊艳的感觉。在路上看到的苹果树，青色的果子挂满树，一路都是。下午三点，我们到了茂县。

八月十二日下午　晴　茂县——黑水

到了茂县，车一直开到何大哥家的院坝。还在路上，何大哥就叫家里准备午饭，他家在茂县城外的一个山坡上。房子是两层的楼房，楼前有好大一块空地，种了许多花木，都长得很茂盛。有几盆番茄，每盆都结不少番茄，淡青色居多，红的只有两三个。红苕花，是我们四川人的俗称，书上称为大丽菊，开得异常绚烂。胭脂花含苞待放，要傍晚才开。不过，我从地上和花丛中收了不少黑色的胭脂花种。长得最让我艳羡的是几盆藿香，茂盛的程度我是第一次见到，全都在开一串串紫色的小花，蜜蜂在花丛中飞来飞去。还有李子树、桃树、花椒树。

吃饭前的这段时间，就坐在楼前的空地上喝茶、吃李子，青黄色的李子。高原的天，虽是阳光灿烂，但只要坐在太阳晒不到的地方，就很凉爽。四周是高山，茂县处在峡谷间，岷江穿城而过，这里风很大。几年前去九寨黄龙经过这里，当天从成都出来也是在茂县吃的午餐。记得到了这里已是下午两点过，那顿很晚的午餐唯一记得的是土豆。端上来一大盘煮过的土豆，撕皮后蘸白糖，这里的土豆很好吃，沙沙的。

坡下有一棵枝繁叶茂的核桃树，青色的果实累累。茂县的特产是花椒、苹果和核桃等。第一次知道核桃花可以吃也是在这里。因为阿坝高原日照长，晴天多，还很干燥，成都的许多蔬菜也产自这里。

快四点才吃午饭，之前水果茶水差不多已吃饱了。饭桌上有野味，是獐子肉，还有熊掌，这些我都不喜欢，吃了几样蔬菜就到外面吹风去了。听说从茂县到黑水的卡龙沟还有三个小时的路程，饭后，三姐就催着走。说走晚了要开夜车很危险，接下来的路谁都没开过。因为要准备一些东西，又等了很长时间。往车上装了些蔬菜，有白菜、萝卜、土豆等。还有大锑锅、砍刀、酒等，那架势让人以为是要去荒无人烟的地方。

从茂县出来已是五点，这时我们出行的队伍又扩大了，有何大哥的家人，有几个住在他家的从重庆过来避暑的老师，还有何大哥的一个亲戚老周是专门负责我们一行的。因是当地人，一切都比较熟悉。车出茂县上九黄线，路况较好。在岔路口，看到路牌标识，一边往松潘九寨，另一边往黑水，是九十一千米。往黑水这条路就要差一些了，路窄了许多，还是在峡谷间穿行，两旁连绵的高山有苍茫感，这里的山不长树木。沿一条湍急的河流而上，江水清澈、碧绿。路上更是少有车辆。

西斜的太阳尽管还是那么灿烂，非常明亮，但已没有那么炙热。从茂县出来，我坐上魏哥的车，坐在副驾座。太阳一会儿被山遮挡住，一会儿一览无余地照射下来。从明亮的光线中进入大山的阴影中时，眼睛常常有看不见东西的感觉，仿佛忽然进入黑暗中，幸好不是自己开车，太可怕了。三个小时的路程，觉得很漫长。坐前面我总是高度紧张，不敢睡觉。太阳快落山时，月亮也爬上来了。快八点的时候，我们在路边停了一会儿。落日余晖正好照在山峰上，喜欢摄影的魏哥下来拍日照金山。只很短暂的时间，山峰上的金光很快就消失了。暮色中，路边开满了打破碗花，非常漂亮。还有一棵茂盛的核桃树，我问站在路边的藏族大妈，核桃什么时候才能成熟，她说要九月份了。在别的地方，八月核桃已经成熟，在城里我已买过新鲜核桃来吃。在这里停留的片刻，我已感受到气温的寒意。

八月十二日晚　卡龙镇——才盖村

在进卡龙镇以前，车离开了往黑水县城的路，拐进了一条更窄的路。从这条小路进来，也是沿着一条小河而上。路两边郁郁葱葱的树木，满山遍野的，之前听人说，如果是金秋十月，沟两边是五彩缤纷的红叶，很美。沿沟有十几里。

太阳一落山，天色迅速暗下来。八点钟我们到了卡龙镇，镇上有人认识带我们进来的老周。他们在路边交谈，劝我们住在镇上，说这里条件比才盖村好。我们不知道前面还有多远到才盖村，更不知道里面的状况。听说有十公里，想来不远。三姐坚持要进去，因为她想睡帐篷，住哪里都无所谓。说进去如果的确太差，就再回来。劝我们住镇上的那个藏族男子也跟着我们继续往沟里走。

山路寂静，天深蓝色。山坡上的树林变成了黑色。听得见小河哗哗的水声。借着车灯，恍若看见路边的野花是一丛丛的紫色。寒意渐深，不敢把车窗按下来。路很长，长得漫无边际。我以为一会儿就到了，结果是一小时以后才到才盖村。我忍不住想，如果我们不出去了，刚才跟我们一起进来的那个藏族男子他怎么回卡龙镇啊，这么远的路。

车停在村口一栋藏楼前。藏楼一楼是砖木结构，外墙贴的是白瓷砖，二楼和三楼全是木结构。楼前的空坝很宽，停了四辆车还绰绰有余。下车第一件事，三姐就说要把帐篷搭起来。开始他们说要在藏楼对面的一块空地上去搭。那里挨着小河，去看了看，说地面太软。又回来，决定把帐篷搭在藏楼外的水泥地上。我觉得非常好笑，这家藏族人家就是开旅店的，不住楼上的房间，偏要在人家门前搭帐篷睡。三姐第一件要做的事就是教我怎么把帐篷撑起来，撑帐篷简单，垫子是自动充气，被子是轻软的羽绒被，枕头睡时来吹气。我在帐篷里把一切都弄得差不多钻出来，看到院子里站了一排当地的村民，正津津有味地看着我们这一拨人。他们在一旁指指点点，笑话我们。我忍不住笑。

夜里的才盖村寒气袭人，我已在 T 恤外面穿了件薄薄的线衣，但还是冷。我想我是低估了黑水夏夜如此低的气温，这时的温度也就十几摄氏度。但奇怪的是，这里的海拔并不是特别高，大概不到三千米。

后来我进藏楼看，一楼稍陈旧，右边是厨房和饭厅，左边有一个大房间应该是客厅，一踏进客厅，就被暖意深深包围，非常温暖。客厅房间墙壁是浓艳的底色，上面有藏传佛教的画像。昏黄的灯光，屋子暗暗的。正面那堵墙的木架上，搁有几个大大小小的亮闪闪的铜盆。两边长长的座位依墙，铺着软软的暗红垫子。屋子中间是烧着的火炉，火炉烧柴，烟囱伸向屋顶，炉子很大，上面搁有水壶，大的锑锅，要喝茶就提搁在上面的水壶，是烧的马（音）茶。一直热着。夏夜都这么寒冷，冬天会是怎样，无法想象。这屋子坐久了，就有昏昏欲睡的感觉。

上楼去看了看，二楼和三楼像是新建的；木料是干净的本色，屋子弥漫着木香。没有游客，我们是唯一的。同来的茂县的何大哥一家都住在这里，还包括那个从卡龙镇一起来的男子，我们不出去，他当夜也回不去。我把房间门打开看里面的陈设，一间屋有三张床或四张床，被子床单洁白得耀眼，摸了摸被子和床，舒服得很，我真不想去睡帐篷了。

晚上十点过吃晚饭。最可口的是一盆菌子，是我曾在客厅的门口看到过的，一个篮子里装满了菌子。初时不知道是什么品种，端上饭桌才听说是松茸，吃一惊，松茸我早就耳熟能详了，只是从来没吃过。做松茸的配料，是三姐带的烧肉罐头，把松茸切成片，和着煮，味道非常鲜美。

吃完饭，已经十一点多了。孩子钻进帐篷很快就睡了。我知道我钻进帐篷也没用，这一夜肯定无眠。我坐在外面的水泥地上看满天的繁星，深蓝的夜空，黑魆魆的山林，低低的云层，听哗哗水声，寒风掠过面庞，这里沉静得与世隔绝。

八月十三日清晨　才盖村

　　睡帐篷是今生第一次，我也希望是唯一的一次。枕头不习惯，空间逼仄。当然也不是一无是处，还是非常暖和的，哗哗水声很清晰，犹如睡在水边。老是要碰到冰凉的帐篷，我知道下露水了，睡不着的时候，就盼着天亮，真是长夜漫漫。终于在凌晨四五点睡着，清晨是在轻微的嘘声里醒来的，开始没明白是怎么回事，然后听到小鸡细碎的声音，就在帐篷的外面。终于明白是主人赶清晨在帐篷四周散步的小鸡，怕惊扰我们。我拉开拉链看天色，已微明，时间是六点十分。终于天亮了，我长舒一口气。赶紧穿好衣服爬出来，鞋放在外面，装在塑料袋里，袋子外面是冰凉的水珠。

　　进了藏楼，主人都起来在忙碌，我是我们这一群人中最早起来的，昨晚温暖的客厅此时冷冰冰的。用冰冷的水洗漱后，就去四周看看。河滩上，远远看到有成群小鸟，还有乌鸦，走近都飞走了。站在木桥上，看碧澄且湍急的河水，水是雪水，一定冰冷刺骨。天只是微明，四周山林都静默着。走了不多会儿，我开始感觉寒气袭人。

一大早，我们旁边的一栋正在修建的藏楼就开始动工了，很多的圆木堆在楼前。我往寨子里走，藏楼群就出现在眼前，在小河的两边，全是木楼。晨风中五彩的经幡翻飞着，靠河边有一片片的庄稼地，用木栅栏围着。在一片黄色的作物前我停下细瞅，看着不像是水稻。有个中年男人正在收割，他看到我，放下手中的活儿走过来，我问他收割的是什么，他说是青稞。问我要不要雪莲，我说不要，然后他又忙活去了。一家藏楼外的小路上，几只黑色的小猪抢吃路中间放的食物，很可爱。乌鸦呱呱的叫声，听着也亲热。

七点过一点儿，四姐也起来了。我问她睡得好不好，她说睡不着，新帐篷有气味。而后，我与四姐又出去走了走。看到有条路通往卡龙沟景区，我们往里走，才走了几步，就被一个男子叫出来，要我们买票。我们解释只是散散步，不会逃票进景区深处，还是无用。到八点半，其他人也都起来了，都被才盖村的寒气吓得不轻。整个早晨，我觉得手都冻麻木了。等待太阳照到这个村庄前这段时间太难熬，如同刚刚过去的漫漫长夜。九点刚过，太阳温暖的光线终于照进来。从来没觉得阳光是如此的亲切，那明亮的光线，一下子就驱散了寒气，天地间仿佛转瞬就有春暖花开的明艳。

听何大哥说，这里如果天晴，凌晨四五点钟露水会很大。清晨太阳没出来这段时间是一天中最冷的时候，只要太阳一出来，又如同夏天一样，紫外线很强。我们吃过早饭，收拾帐篷，然后开车进景区。

八月十三日

开车进卡龙沟景区，沿途是郁郁葱葱的森林，非常好的植被。只过几分钟，就到了沟的尽头。可以骑马上山，也可以走上去。听说山上没有卖东西的，我们人多，带了很多吃的，还有白酒、啤酒，甚至水瓶都由马驮上去。不用提东西，爬山就很轻松。上山的路都是木板铺的，路还是好走，就是容易滑。因为森林很潮湿，木板边缘都长着青苔，有些木板已腐烂。

上山路是沿着钙化的山坡而上，水淙淙流下。这个景区跟黄龙有些相似，只是规模不如黄龙。树枝间到处都挂着松萝，松树高大粗壮，直插深邃的蓝天。野花、野果，稀奇古怪的植物看得人眼花缭乱。我们前面有几个藏族孩子，看他们不停地摘路边的小果子吃，我们也摘来吃。小果子是深紫色的灌木生长的，吃起来酸酸的，有野趣。后来看到一种红果子，好漂亮。何大哥说不能吃，有毒。

　　走木板铺的栈道，刚开始还觉得新奇，但走着走着，就知道不太妙。没有爬峨眉山、青城山那种石砌山路的踏实感。栈道大多铺在顺山而下的溪流上，水急处，溪水就漫过栈道，这时就要涉水而过。如此栈道就有轻重不一的损坏，有些腐烂坏掉，有些是新补铺的。在上山路上，偶尔会有一小段路是在地上，踩在土地上会觉得很踏实，其实脚下是软绵绵的，那是踩在日积月累的落叶上。爬了两个多小时，近十二点，我们快接近山顶，在一块稍微空旷的山坡上休息，吃东西。我们这一拨人有身体不适的，出了不少状况。或许是因事前对卡龙沟抱有太多美好的猜想，同行人中开始抱怨卡龙沟的风景不如他们想象的好，我没什么可挑剔，这里的原始森林我就非常喜欢。树、蓝天、白云、空气等，都是我喜欢的。最后一段路随大流我没有上去，我们下山了。在山下休息时，是下午两点刚过。坐在那里非常舒服，没有了爬不完的山路，只有阳光从树枝间洒下的斑驳光影，松风轻拂。我看到周大哥提着一大袋菌子，很惊奇。他说就在森林里摘的，晚上煮来吃。

返回才盖村，我们讨论接下来去哪里。原计划是要在卡龙沟住两天的，不如人意就准备换个地方。黑水县也有一些好去处，但不是还在开发建设，就是正在修路，最后决定回茂县，去松坪沟。之前三姐他们去过，说松坪沟不用爬山，有几个海子，水很好。

离开才盖村时，带上了托房东帮买的四只鸡，原本准备当夜在才盖村吃的。下午四点多，我们出了才盖村。昨晚是摸黑进来的，没有看清沟两边的风景。出去沿沟行，满目森林、溪水，野花遍地。路上经色尔古藏寨停了一会儿，隔河相望，色尔古藏寨是建在山坡上的，很雄壮。拍了几张照片，进藏寨的门票是三十块钱。在河边的荫凉处坐了一会儿，江风浩荡。

八月十三日　松坪沟

离开黑水县进茂县，沿九黄线走了一段路，路很好。在叠溪遗址过去不远，进入往松坪沟的路。一路下山，就进入了大山的腹地，真有世外桃源之感，路旁溪水淙淙。有羌族人家修建的石片房屋，以及果实挂满枝头的苹果树、李子树，还有红艳艳的花椒树。

车行在小路上，不时看到在路中间摆着石头，我们的车小心地绕过一块块石头，初时都不明白是什么意思，魏哥开玩笑说是桩考，逗得我们大笑。直到后来看到铺在路上的席子，上面晒着花椒，还见有村民在收拾，用筛子筛花椒，我们才恍然大悟，人家是在晒花椒，用石头压着席子，这里风大。

进松坪山庄，是傍晚七点过，一路很顺。这里是在峡谷间，气温很适宜，没有了寒气，早上在才盖村冷怕了。等餐厅开晚饭时，坐在餐厅外喝茶，安排房间。早上我就跟三姐说了，我们不睡帐篷了。餐厅外的蜀葵开得好看，这一路走来，第一次这么近距离地看蜀葵。如书中所说"花生奇态，开如锦绣夺目"。

我在餐厅外绕着看蜀葵，同行的姚姚也在看，看他在摘花种，我醒悟，也忙去找花种。但仔细寻找，花种是有，蜀葵是由下次第往上开花，但花种都是青白色的。在我看来，还没有成熟。有当地的大妈，指点我们摘一些老一点儿的，拿回家晒。我摘了几个，也不抱多大希望。

天黑后，餐厅终于开饭，最好吃的是称为冷水鱼的菜。听说是从海子里打起来的，鱼很细小，肉很嫩，刺多，味道鲜美。做法看起来也简单，汤里就加了些泡菜、泡辣椒，上面撒些细细的藿香。听说我们晚上有烧烤，是烤从才盖村带出来的鸡。吃了晚饭，几个男人就去杀鸡，做准备。我们回房休息了一会儿，晚上九点刚过，来到小河边，篝火已烧起来了。山庄的一个老人帮着砍柴烧火。三姐他们的帐篷就搭在小河边。她跟我说，上次也是搭在这里，清晨醒来就能听到鸟声、流水声。可惜我对她描绘的这一切已失去了兴趣，没有吸引力，本来我也是爱好大自然的，但对睡帐篷已心生恐惧。

山庄帮忙的老人非常熟练，把两只鸡在铁杆上穿好，又拴好，然后加火。烤鸡是先烤了一会儿后，才开始抹油和调料。烤鸡没吃过，看那鸡烤得滴油，香气阵阵，孩子们都嚷着能吃了，老人却纹丝不动。我曾在甘孜的新都桥吃过烧烤的全羊，并不觉得有多好吃。也不知这烤鸡好不好吃。又等了会儿，鸡烤好了，把撕成一块块的鸡肉和啤酒搁在铺了几张报纸的草地上。坐在睡垫上，借着车灯，伴着哗哗溪水声，那夜没有星光，拿了一小块烤鸡，蘸盘子里的干辣椒面，味道非常鲜美，辣椒很辣，但却特别香，鸡皮是最好吃的。所有人都说烤鸡味道好，只嫌两只鸡太少，恨不得把剩下的两只鸡也烤了。但另外两只鸡，是打算第二天凉拌和红烧的。

夜里十一点多，回房睡觉，能睡在床上，我觉得是件特别幸福的事情。

八月十四日　松坪沟

　　出门无论在哪里，我还是有早起的习惯，然后四周到处看看。松坪沟的第二天，也是早上六点刚过就起来。我们住的是平房，开门面对大山，感觉就是李白那句"山从人面起"。松坪沟的清晨微微有些凉意。出山庄，沿山路走走，微风轻拂。坡下的田里，有当地村民在干活，向日葵开得黄艳艳的。山路旁的野花，紫色、黄色、粉红色都是那么好看。路上没什么人和车，很静。路旁有人家，每家门前都种着蜀葵和大丽菊。这两种花都是那么艳丽，让人着迷。

　　上午开车进松坪沟，听说唯一的饭店的厨师回家了。没人做饭，不过这也难不倒我们，我们一行的男士说中午要亲自下厨。

　　看介绍说松坪沟由几个海子构成。沿山上去，相继有几个湖泊，上面是森林，得骑马上去。我害怕骑马，不想上去。他们来过的，也不想再上去。我们就在山脚下白石海边的一棵大树下，借了桌椅在这里待了下来。白石海湖水碧澄，波光潋滟。可以去湖上划船，旁边也有卖土产和烧烤的。

同行的男士中，有人把工夫茶具也从成都带过来了。在白石海边就有板有眼地泡起了铁观音。我一向对工夫茶不是特别有好感，总嫌麻烦，也嫌太讲究。在喝茶方面，我只喝茉莉花茶。泡好的工夫茶我也要品尝的，真是香。当然听他们说茶叶的价格也把我吓得不轻。后来我到处逛逛，去看卖土特产的。摊位不多，是些羌族妇女在做生意，卖的有当地的刺绣，手工做的布鞋、围巾、背包等，刺绣色泽是粗犷的浓艳，还有药材和各类干菌。吃了两串烧烤，是冷水鱼和烤韭菜。烤韭菜是第一次吃，觉得还好。冷水鱼在头天晚上就吃过了，烧烤也好吃，问鲜鱼的价，大概是十几、二十块钱一斤。闲聊中，我才知冷水鱼是当地受保护的野生鱼类，此时是禁渔期，还是有人偷偷捕鱼，难怪钓上来的鱼那么小。听说在海子深处冷水鱼很大。早上在进沟的路上，碰到卖冷水鱼的当地人，周大哥已买了几斤准备中午吃，是十块钱一斤。

吃了烧烤回到湖边，我就在树下喝茶、发呆、聊天、看书。整个白石海，除我们这十来个人，根本没其他游人。湖边安静得很，有少量的游客大多骑马上山去了。

午饭在路边的小饭店吃，饭店简陋，我们几个女的在饭店的屋檐下喝茶等开饭，孩子们在附近玩，几个男士在厨房忙碌，切肉、切菜、炒菜。我进厨房看了一下，厨房很大，光线很暗，烧的是柴，烟雾沉沉，饭店的小工在烧火。临街的窗口还摆了个卖饰品的摊子，墙上挂有当地风格的围腰、绣花鞋、围巾等，我买了条围腰。等了有半个多小时，菜炒好了，有莲花白炒回锅肉、酸菜冷水鱼、白水煮萝卜，还有蕨菜、腊肉等，味道不错。

午饭后，骑马半个小时，上山去看墨湖。当地人一路牵着马，山路还算好走。墨湖不大，湖水呈深蓝色。下山后，又回到白石海边。我继续喝茶、发呆、看书。我喜欢看湖水、远山。趴在椅背上差不多快要睡过去了。湖畔一日，抵十年尘梦。临走时，我再去看土特产，茂县的花椒很有名，红的干花椒买了半斤，青花椒是第一次买，新鲜的青花椒我不知怎么用。摊主说青花椒用菜油可做花椒油。她们拿青花椒的叶子让我尝，椒叶都麻得不得了。这里的木耳和菌子都很便宜，但我不认识，不敢随便买。我们同行的一位年龄稍长的大姐指点了一番，我才买了些木耳和牛肝菌，五点过回山庄。晚餐是两只黑水鸡做的怪味鸡和烧鸡。烧鸡是用现从地里拔的白萝卜、胡萝卜、厨房的土豆以及头天在卡龙沟采的菌子一起烧的，味极鲜美。这样的烧鸡我还是第一次吃。我们一面吃着烧鸡、怪味鸡，一面怀念着昨夜的烧烤鸡。

这天从白石海下山不久，就开始下雨了，雨忽大忽小。听得见屋檐的滴水声，山上雨雾迷茫。这一夜我在雨声中睡得很安稳。

八月十五日　茂县——成都

第二天早上起来，天没有晴，半山腰上云层缭绕。早饭没吃，我们一路赶往茂县。到茂县的何大哥家，是上午十点多，嫂子忙着做饭。我看他们家的花草，摘花种。嫂子看我对花草感兴趣，趁空时过来问我捡了哪些花种。我问她有些花草的名称，还问她关于蘡香的栽种方法。她说藿香正在结种，教我看藿香浅紫花穗里成熟的黑色小粒，叫我摘几个花穗回去。如此，我在这里差不多摘了三样花种，加上蜀葵的花种，这次出来就带了四样花种回去。

吃了午饭十二点多，我们就准备回成都了。顺利的话，预计可以回成都吃晚饭。在茂县城外加油时，有羌族大妈卖向日葵和水果，我买了两个长得不错的向日葵，都是刚砍下来的。下午在炎炎烈日下上路了，回去开车的是一个茂县小伙子，在成都某部队当兵，搭我们的车回成都，车开得特别好。一路顺畅，风却越来越热。下午三点刚过，离映秀镇还有一段路程，我忽然察觉到公路上又安静了，对面好长时间没有来车，估计又堵车了，果然长长的堵车队伍堵在进映秀镇的路上。给我们开车的当兵的小伙子胆子大，他一路超过长长的堵车队伍，把车开进了映秀镇街上，到了映秀镇发电厂的宾馆才停下来，然后打电话叫我们后面的两辆车也全都开进来。

这时候，我才仔细看堵塞的车和人。车堵得太长了，有不少司机在路上聚集打起了牌，还有把报纸铺在地上睡觉的，映秀镇街上非常热闹，从九寨沟回成都的旅游车很多，想来映秀镇平时是比较清静的。听说堵车从上午就开始了，而且还不知什么时候通车。我想幸好我们是在映秀镇的街上，如果在前不挨村、后不沾店的山路上，才真是惨得很。

我们去宾馆的三楼茶坊喝茶、看电视、打牌，等通车。实在走不了，就在宾馆开房睡觉。从下午三点四十分，漫长的等待就这样开始了。看了一会儿他们斗地主，怎么也看不懂，我就下楼去街上看看。记得刚才看到了一家邮局有卖杂志的，还有一家简陋的书店。路上停的一辆车是装蜜蜂的，蜜蜂嗡嗡乱飞，天空黑麻麻的。我紧靠街边走，小心得很，不敢碰到蜜蜂，还好来回都顺利。邮局的杂志令我失望，是一些不喜欢的杂志。书店也不必去了，我带着书。回茶坊前在车上拿了书，是周作人译的《现代日本小说集·两条血痕》。

回茶坊看书，也难以安静下来，老是记挂着路是否通了。幸好是短篇小说，略略看了两篇，昏昏欲睡，就睡了一会儿。晚上七点，去吃饭。本来是想大家一起吃的，结果斗地主的几个已是废寝忘食了，宾馆餐厅的饭菜还能吃。这段时间里，路好像也通了，但车只是缓缓在移动，非常慢，没有彻底通，我们不敢上路。这样一直到晚上八点多，天已黑，直到映秀镇街上的车都走完后，我们才上路。

但事情并没有完，出来不久，前面的车又堵成长龙。听说是新路滑坡，得走老路，速度提不起来，停下来又是很久。这样停停走走，非常艰难地走完老路，拐上新路，已是夜里十一点多。上了新路后，才发觉对面的来车一直没走，放的是单边，也是车龙长长。

凌晨十二点半，到了都江堰，我们的车先到，另两辆车落在我们后面很远。坐在青城大桥的街边等他们，夜风如水。

八月山中

八月山中（一）

八月八日　青城后山红岩村

　　上午从成都出来，走成青线，近午抵青城后山红岩村。这次是跟我哥一家人上来看看，也是我第一次来青城后山。说起青城后山，虽然离成都这么近，我也熟得不能再熟，却是第一次上山，前山去过无数次，后山却没来过，这件事被当成了笑话，另外值得一提的是银厂沟，自开发初时我就知道，身边的人都去过，就我没去，汶川地震把银厂沟毁完，我悔之晚矣。

　　在红岩村吃了午饭，看了看在建的房子，又去村外的河边坐了许久，阳光炽热，山上空气极好，下午五点过，我哥他们一家准备下山回城，我说要住一晚，明天回去。与他们一起下到五龙沟入口，我哥说这里的水好，叫我在周围转转，之后他们就回去了。

以前没来过青城后山，对后山状况搞不清，如山有多高、山中景色如何等。到了五龙沟上山的入口我才清楚，这里是青城后山游客正式入口两条中的一条，五点刚过的时候，阳光并没减弱，毕竟是立秋前后最热的时候。过一道吊桥，下面的水清澈见底，河底的大大小小的石头斑驳可见。进进出出的游人也不少，总的来说，说出山的人多，入山的人少。

过了吊桥就进入山道，一路上树木茂盛，阳光被挡在了外面，山路溯溪而行，一路都是清清的溪水，清凉无比。路边有卖烤玉米的，五块钱一根，并不饿，但看着就想吃，炭烤的玉米果然有儿时的味道，顺便向卖烤玉米的男子打听爬后山要多长时间。他说从五龙沟上山顶，至少三四个小时，又一村有缆车上顶，下山也要两个多小时，可从另一条路下山，我问是不是泰安古镇那条路，他说是，我估量着，比青城前山确实高些。

心里有了底，不再如之前对后山一片茫然，加之走的这段，水声清亮，林木茂密，自是心中欢喜，从前想象此山不够高或植被不够好，单调平常的猜想也烟消云散，甚至觉得比前山可爱多了，这种想法只是我这种爱爬山，且对道教文化不太感兴趣的想法而已，想来蜀中的山几乎不让人失望。

我计划趁天黑前再走一段就回去，明天一早上山，下午回城。沿途下山的颇多，少有这时还上山的。已是夏末，一路上还是有些野花，几乎不认得，看着凤仙花科的居多。因沿溪而行，豆娘也不时看到，还有蜻蜓、蝴蝶等各种昆虫时时出现。走到龙隐栈道，景色幽深，沟峡逼仄，水势湍急。入龙隐峡处，有一块牌匾介绍，此峡为古时成都平原入金川的必经之路。我早就知道，青城前后山的这一片大山是与阿坝高原相连接的。看着介绍，竟有思古之幽情。沿龙隐栈道走了一段，看时间也差不多快六点了，客栈六点半开饭，这倒没什么关系，只是进山也有一阵了，山中太阳一落山，很快啥都看不到了。

又原路返回，半路有一条小道，有当地人告诉我，可以通到红岩村，说是当地人爱走，回去就走的这条小路，因走的人少，路上蛛网不断，不认识的昆虫成群结队，走陌生的山路，心里还是有点儿怕，前后都不见人。偶尔看到野花也仔细瞅瞅，也不知走了多久，或许时间并不长，所谓陌生感会把时间拉长或许就是这样的。渐渐出了山道，看到路上有人家，心里骤然踏实了。路旁还有玉米地，山中温度相对较低，玉米成熟要比山下晚些。下到沟底，过了桥，桥下的溪水就是下午曾戏水的地方，水清澈冰凉。下午最热的时候，坐在溪涧的石头上，赤脚泡在水里，不一会儿就凉快了，连泡的葡萄也冰凉。上坡就回到了红岩村，此时已近晚上七点。

回到住宿的地方，晚饭是包在住宿费里，几乎没人吃饭了。老板娘说："还担心你去了哪里了。"我忙说不用摆菜，我自己舀点儿饭，随便夹点儿菜就行了，她说："你想吃什么自己看着办。"厨房里大盆子装着几样菜，我拿盘子夹几样蔬菜。老板娘舀莲藕排骨汤，我忙说不要排骨只要藕，她说我吃得高级，我忍不住笑，端着饭菜，在一张大大的桌子上吃，饭厅空荡荡。这家农家乐，在这里长期的住客不少，多是城里退休的老人们在这里避暑的，一个月费用听说是一千八百元，包吃。这家规模比较大，是地震后重修的。

饭后天色还亮着，住红岩村三三两两的游人都出来散步，老人居多。这里虽然海拔一千多米，气温比山下低不少，但白天太阳很大，晒着还是热。傍晚却舒服，风已凉了，空气特别好。我仔细观察了一下红岩村，白天匆忙没时间看。村子在一块平坝上，周围群山连绵，是个好地方，几乎家家都可住宿。当然这里还有城里与当地人联建的，据说地震后，一度有政策可联建，现在好像没了。红岩村离泰山古镇还有段山路。

走了一段下山路，天空是浅浅的蓝，月亮已升上来。太阳开始往西边的山峰沉去，光线越来越柔美，金光闪烁，背光的群山已暗了下来。有一段下山路犹陡峭，走到这里，我就往回走了。回到客舍，天已暗下来，进屋关好窗帘，把窗子还是打开，略略有点担心入夜山上会不会有各类飞蛾。住的是一楼，窗外不远就是白天游人休息喝茶打牌的长廊。这时已有很多人在那里休息聊天，倒也不吵。独自一人，天一黑哪儿也不想去。洗了澡看一会儿电视。包里还带了本书，翻两页书，接两通电话，夜凉如水，盖了被子，在城里已很多时候睡觉没盖过被子了。还不到晚上九点，竟昏昏欲睡。从来在外面睡必定失眠的我，这夜睡得又早又沉。醒来第二天早上六点刚过，天已微微亮了。

八月山中（二）

八月九日　后山

清晨六点过醒来，从窗口望出去，天已渐亮，四围寂静，看不到一个人。我洗漱完毕，又坐了好一会儿，住宿的地方是八点早餐，想早点儿上山，估计早餐是吃不到的。七点刚过，收拾妥当，出门跟老板结账，去厨房看看，果然鸡蛋才下锅，稀饭也刚煮上。

出村下山，山道上碰到一两个当地的村民。天空淡蓝，太阳刚刚从东边山峰上探出头来，阳光洒遍西边的半山腰，明晃晃一片，又将是一个炙热的天。我走的下山路还很暗，抬头看到了月亮。到了五龙沟口，从昨天经过的地方过桥，重又踏上走过的山路。这么早上山的人很少。树林茂密的山路上，天光很暗，路上湿漉漉的。走过龙隐栈道，山路就完全陌生了。一路相伴依旧有清澈的溪水，山路总的来说不算陡峭。八点过，阳光透过层层叠叠的树林射进峡谷，光线柔美。八点半，到了又一村。这里建了很多农家乐，可吃住。上白云寺这里有缆车可去，又一村挺大。在即将出又一村的上山路上，看到贴了张告示，大略看了看，好像前面某处塌方，也没在意，继续上山。

行程及半，爬到了半山腰，阳光炽热，不像在峡谷间那么阴凉，天空蓝得不见一丝云彩。一路上爬山的游人还是不少，离白云寺不太远的时候，遇到带川东口音的父子俩议论着前面山路中断，不知该怎么办。我走近用木条挡着去路的地方，看到有一条告示，意思是说因塌方前面路断无法通行。透过层层木条望过去，果然不远的前方道路被滑坡的泥土掩埋，有近百米长，根本无法过去，我心往下沉，很沮丧，眼看就到山顶白云寺了，往回走非常不甘心。路边的父子俩也还在那里，男人对我说可以从一旁下去，绕到下面踩出的新路，可以回到原路上去。我看了看，有点儿险。他接着又说，也许我们男人可以爬得过去，你们女的不行。一听这话，我很不平，鬼才相信他的话，我正想着如何走的时候，一个当地卖水果的大叔过来了，我忙问可不可以过去，他说可以，叫我跟着他走，于是大叔在前，我跟在他后面，下到斜斜的坡底，又往上爬，很陡的坡路，路上我不得不抓住身边的树枝。大叔走得快，不一会儿就快没影了，他叫我沿着踩出的小路走。好在路并不太远就绕过了塌方的那段，走回原山路，我长出了一口气，算是幸运，没走回头路，回头看那父子俩都还没上来呢。没走几步路，就到了白云寺，爬了长长的石级上到寺里看了看，小小的寺，香火还盛，位置真好。寺庙旁边的山坡上，开着成片的大丽菊，估计是播种的。站在寺前，眺望周围的群山，真是一山还比一山高，白云寺的海拔是一千七百米。到白云寺刚上午十点钟，用了近两个半小时上山。

在白云寺看到开蓝花的鸭跖草颇为亲切，这么高的山顶上，它们匍匐在绿茵茵的草丛间，兀自美丽着。看时间还充裕，就回头慢慢从另一条路下山了。经过白云古寨，这里很荒芜。在及膝高的荒草中，发现了一株像是红姑娘的植株，八月，红姑娘像灯笼一样的蒴果还没红，是橙红色。因时间尚早，下山的人少，有一段路很清静，下到快一半，就遇到许多上山的人。刚过十二点，我已到了山脚，山下太阳很大。

顶着正午的烈日，逛到泰安古镇，是第一次来，很商业化，很想喝水，包里有早上离开客店泡的花毛峰，一杯水已喝光了，只想冲点开水进去，沿路东看西看，有茶房不想进去。饭店肯定有水，也不想去。终于瞅到路边一面店门口摆的净水器了，好像也有点饿了，要了碗刀削面，把水杯接满，店里空荡荡的，老板说面店早上生意好，中午客少。好奇怪的现象，落得个清静，在面店慢悠悠地喝茶、吃面。几乎喝了两大杯水，我才终于解渴。出了面店，走出镇找往青城山的中巴。这一段路真长啊，古镇的管理真是缺德，竟要游客走很长的路去坐中巴。当然有收费的摆渡车，找到中巴，刚上去就开了。十块钱到青城前山，路上风景很好。午后两点，中巴车到青城前山脚下，很多人下车，后又开了一段路才到高铁站。买了两点四十七分的票，候车的人不少，准点开车，第一次坐这条线，很快很舒服。一小时后到成都北站，一下车，热浪扑面，空气浑浊。山中洁净的空气、清凉的风已恍若隔世。

消寒

消寒录

十二月二十一日。周五

冬至的早上，太阳探了一下脸，早早隐入云层。我去了植物园，今年最后一次。园内寂静、萧索。下午乘车路过人民南路，卫矛叶红了很多，银杏叶落得差不多了。

买菜，凉拌兔丁、杏鲍菇几个、青油菜。今年这个冬至清淡也清静。到家门卫取书，黎戈从南京寄来她的新书《因自由而美丽》。回家把腰封取下，以前的书腰封总是一扔而后快。这次看着这个清淡的腰封，忽然想起裁下来可以做书签，纸的厚度恰好。

晚上从七点到十点，跟燕子泡在 QQ 上，边聊边帮她在淘宝上挑衣服。夜里气温降低，冷得我背心发凉。最终她衣服也没选上。我们各自下线。

一九 第一天

十二月二十二日。周六。晴

上午家乐福逛逛，买小青菜、葡萄干，又去菜市，买脐橙，想炖骨头汤，在干杂店犹豫着到底是买绿豆、雪豆，还是黄豆来炖汤，最终问店主，她说扁豆不错，于是，第一次买扁豆来炖汤，还买了半个南瓜及做干锅的菜，有牛蛙、藕、笋子、花菜、芹菜、蒜苗及香菜。

整日天晴，微蓝的天，无一丝云彩，晚上健身课。

睡前看《世界文学》刊的一篇短篇小说《光阴似箭》，美国女作家帕·德尔班的作品。小说写得不错，颇有洞察力。然后把斯洛尼姆《忆玛丽娜·茨维塔耶娃》看完，这篇回忆录是这期《世界文学》中最好看的一篇，再读几篇马雁的散文，一点过睡。

一九 第二天

十二月二十三日。周日。晴。一摄氏度到八摄氏度

近十点出门，上十一点的课，课后我买菜回家。下午在城西某店有事待了一下午，后悔没随身带一本

书，手机上看书眼累，但还是看了几页混时间。看《城南旧事》，看村上春树，好像还无聊地睡了一会儿。《1Q84》有一段，提到世界末日，说原来所有人都盼着世界末日，我忍不住笑，这些天我一直在想几年前看的一篇小说，写在生命最后一天做什么。想不起谁写的，以及出处在哪里。

出店六点过，天已黑。打车的时候不小心摔了一跤，裤子磨破，膝盖擦伤。这段时间不顺，拉伤、烫伤，还摔伤。

回家赶紧弄晚饭吃，中间抽空把烤面包的材料量出来，炉上蒸黄油，微波炉热牛奶，全部材料放进面包机，开机设定，洗葡萄干，吃饭。

饭后收拾干净，开电脑，看日剧《不结婚》。听着面包的转动声，心里很踏实。晚些时候，随着烘烤的时段开始，发酵后面包受热散发出来的香，弥漫整个屋子，这个气味特别好闻，淳厚、朴素的香，胜过许多精致的香气。

一九 第三天

十二月二十四日。周一。三摄氏度到八摄氏度

阴天，寒冷。上午去好又多超市买赖汤圆黑芝麻心子。

中午翻看《夏丏尊散文选》，还在 1927 年的时候，夏丏尊就翻译过国木田独步，我曾经喜欢看国木田独步的《武藏野》。夏丏尊先生说曾沉溺于读岛崎藤村，我前些年也爱读岛崎藤村。

在天涯博客上闲逛，看钱红丽和澜老师都在写冬天。回头看夏丏尊先生的经典散文《白马湖之冬》，这篇文章写得真好看，还有着浅浅的幽默。白马湖冬天风大，天天呼呼作响。文中写道："风刮得厉害的时候，天未夜就把大门关上，全家吃毕夜饭即睡入被窝里，静听寒风的怒号，湖水的澎湃。"说到"静听风的怒号"，我真的感受过一次，是 1999 年的夏天，在峨眉山金顶，大雾茫茫的金顶，又冷又无聊。我吃了晚饭就睡下听风怒吼。那夜我听了一夜的风声，想着风会不会把房子掀到崖下去，那次峨眉山之旅真是糟透了。

晚饭做小女爱吃的荷叶糯米鸡，冬天当然没新鲜的荷叶，是在超市买的干荷叶，另外有南瓜、炒泡青菜，青菜是昨晚睡前泡的。

一九第四天
十二月二十五日。周二。五摄氏度到十摄氏度

上午去药房，买了消炎药、纱布、棉签等。好像伤口有点儿发炎，不知是不是昨晚沾了水的原因。今早四点过疼醒，那种不是特别疼的感觉，只是让你有感觉，睡不着，像脚踝伤的那阵儿，也是常常半夜醒来，持续的不舒服，五点过才又睡着。

下午两点去市图书馆还书，借的书还有两天就到期了，在四楼外借部传记柜无意间看到汪曾祺先生的儿女们写的《老头儿汪曾祺——我们眼中的父亲》，几个月前，看黎戈提到这本书，那时就想看看，曾在二楼外借部找过，没想到在这里看到，就借了这本。在一楼大厅，看到公告牌，有明年"锦城讲堂"讲座的安排。一月十二日下午，是流沙河先生讲《古诗十九首》，我一定要记得来听。前几次都错过了流沙河的讲座，有

些遗憾。图书馆的讲座曾听过周春芽的，很不错。

从图书馆出来快四点了，天略微转晴，太阳在云层中露出一点点，但起风了，栾树的叶飘飘忽忽地落了一地。站在公交站台等车，风吹着有些冷，尽管我已穿得像熊猫，穿着羽绒服，戴着厚围巾。此地离石室中学一步之遥，想起了马雁，这些天在读她的散文，马雁是那所中学毕业考进北京大学的，还有几天就是十二月三十日，她去世两年。

回家后弄晚饭。一个花鲢鱼头用姜葱煎过烧豆腐汤，加切成薄片的笋子，几片白菜，几根芹菜和蒜苗，后来想起还有一直没开的泸县大头菜，挑了个小的，洗干净，切成粗丝煮进汤里。汤有了味，大头菜也不咸了。

晚饭后风略大，听风铃一直响，泠泠的声音，夏天风铃声有几许清凉，冬夜听到这熟悉的声音，也是种慰藉。

听勃拉姆斯。"和你一起听过的音乐不只是音乐……""和你一起听过的音乐，将会和我们一起生长。"亚当·扎加耶夫斯基如是说。

一九第五天

十二月二十六日。周三。三摄氏度到八摄氏度

上午晴，有太阳。十一点燕子约到老地方喝茶。她说先去，我磨蹭到十二点四十出门。路上不太堵车，到高笋塘不到一点半。下车阳光就不那么明媚了，云层增厚。药店买一瓶碘附。今天在河边喝茶的人少。过三洞桥时看河两岸的树木，萧瑟、清瘦，河水浅了很多，有冬日的寂静。梧桐叶未落，全枯黄。燕子坐在河边的芭蕉树下等我，只有芭蕉依旧绿着。

闲聊。她说有天吃饭碰到我以前工作单位的经理，说那人对我印象特别好。多么久以前的事，时移世易，所有的一切早已面目全非。太阳时隐时现，就是阳光照着的时候，也不温暖。坐的时间久了，我感觉寒气凝在了脚下，脚越来越冷。我只知道不能穿少了，却没想到脚会这么冷。起来走走，跟这里的住户，一个婆婆聊聊天。这个婆婆精神好，身体也不错，有次看她吃好大一碗面条。这会儿婆婆去屋后的地里砍了一背篼白菜过来，我看白菜散散的，问白菜怎么没包芯，婆婆说老头子浇水的时候浇到菜心了，我问地里还有

什么菜，她说没什么菜了，准备种莴笋和菠菜，莴笋要明年四月才收，菠菜要早些。我感叹长得好慢，婆婆就说到了生长素，她说菜市卖的豌豆尖长得鲜嫩肥胖的那种就一定打了生长素。如何种豌豆尖，啥时打生长素，她都细细道来，她说早先种芹菜，打了生长素的芹菜短时间就长得又粗又壮。听婆婆这番话，令我大开眼界。

下午四点，燕子看我冷得实在不行了，第一次提前说走。在公交车上才慢慢缓过劲，脚渐渐地不太冰冷了。

夜里得知某地下雪，印证了上午我的猜想，因上午有南京网友跟我说南京下雪了。我就想离南京不远的那个城市，会不会也下雪了呢。

一九第六天
十二月二十七日。周四。晴转多云。三摄氏度到八摄氏度

上午阳光很好。去买菜。空气冷冽、干净。这种气温虽低，但有阳光的天气感觉最好。最讨厌成都冬

天惯常的阴霾天，让人非常压抑。

买做粉蒸肉的牛肉，喜头子，又称上脑的部分，三十一块钱一斤。记得十多天前才二十七八块钱一斤，过了个冬至就涨几块钱，去年此时是十八块钱。没记日记的习惯，有时会记一段时间的收支账，但无法坚持下去。现在有时翻前些年的日记账，虽记得很少，也几乎可以清晰地看到物价的曲线。

浦江清先生对记日记有如下的意思："第一，练习有恒的笔墨；第二，作日后追忆过去生活之张本；第三，记银钱出入，信札往来，备一月或一年内查考；第四，记零星的感想及所见所闻有趣味的事，备以后谈话或作文的材料。"随着年龄的增长，好像记性真的不太好了。大事记得住，但日常的琐事容易忘记。现在看浦江清先生记日记的目的，至少其实有一两项是有必要的，我最讨厌自己不能持之以恒。

中午燕子过来让我看她淘宝买的大衣。飒拉（Zara）今天开始打折，叫着她一起逛凯丹广场。年末了很多品牌都开始打折。只来得及逛海恩斯莫里斯（H&M）、飒拉和优衣库三家店，三个小时就过去了。

在飒拉买了两件短袖T恤，同款两种绿色。

　　回家五点刚过。做晚饭，饭后洗衣服。之后把《中国古代服饰研究》翻了翻。这本书其实没读完过，翻到宋代部分看了看，想看的内容没有，倒把那段写前蜀王建墓的文字认真看完了。到王建墓中去看过，应该是两次。第一次是比较早的时候，十几岁，家离王建墓比较近。第二次是十几年前，那时看王建墓印象比较深的是，石棺棺座周围浮雕的坐部伎和所执乐器，也是根据介绍来看的。而沈从文先生对王建墓这部分的浮雕的阐述，重点是在服饰上。读来颇有意思，读后的想法是把沈从文先生的这段文字记下来，拿着去王建墓对着那些浮雕看。肯定比看此书的照片或绘画更有意思。王建墓距今有一千多年了。

　　一九第七天

　　十二月二十八日。周五。阴、雨。二摄氏度到七摄氏度

　　这些天都在注意瑞香花蕾的变化，看何时能开花，从长骨朵到花蕾渐渐变红已有些日子了。查上半年开花是一月十三日，算来也应该是去年这个时候从南站花市买回来的。记得花店老板要回家过元旦，以很便宜的价钱卖给我这盆瑞香。整一年，瑞香好像都没怎么长大，有相当长时间叶子都不精神，半死不活的样子，倒是天一冷，像活过来似的，如约长了花骨朵。

在北宋庄绰的《鸡肋篇》中看到有一段记瑞香："《庐山记》载锦绣谷三四月间，红紫匝地，如被锦绣，故以为名。今山间幽房小槛，往往种瑞香，太平观、东林寺为盛。其花紫而香烈，非群芳之比。始野生深林草莽中，山人闻其香寻而得之，栽培数年则大茂。今移贸几遍天下，盖出此山云。余尝在京口僧舍，有高五六尺者，云已栽三十年。而澧州使园有瑞香亭，刻石为记，云其高丈余。大观中，余官于彼，亭记虽存，而花不复见。东都贵人之家，有高尺余者，已为珍木，置于阴室，溉以佳茗。而邓州人家园圃中作畦种之，至连大枝采斫，不甚爱惜。花有子，岁取以种。其初盖亦得于山中，不独江南有也。"

看笔记所记，瑞香好像长得很慢。春节在云南，曾在几处见到瑞香，都长得不错，有一盆有一米多高。

想想可能是云南的气候暖和，日照时间长，适应植物生长。瑞香花香浓烈，但好闻。

天阴冷，风大，细雨纷纷。只下午去了趟对街的祖母厨房给孩子买比萨。等待的时间里，翻了翻店里的《三联生活周刊》。用手机拍下一段苏珊·桑塔格的文字——"阅读可能是一种逃避，也可能是另一种自我实现。""接触文学、接触世界文学，不啻是逃出民族虚荣心的监狱、市侩的监狱、强迫性地方主义的监狱、愚蠢的学校教育、不完美的命运和坏运气的监狱。文学是进入一种更广大的生活护照，也即进入自由地带的护照。尤其是一个阅读的价值和内向的价值受到挑战的时代，文学就是自由。"

一九第八天

十二月二十九日。周六。多云。零下一摄氏度到六摄氏度

上午天晴好，下楼去小店买牛奶，路上要经过那片蜡梅花丛，多日没走到这边，蜡梅几近繁盛。阳光下一大片黄得耀目，但要凑近才闻得到香，掐了一朵，

是素心梅，蜡质般的花瓣，想起小时候看邻居用融化的蜡做梅花的事。

在菜市买菜，与熟悉的菜店店主聊鸡的相关种种，想在她家买鸡，但今天没有。她家的鸡是要订购，品质不太清楚，吃过才知道。后来去另一家买，中午剥白果炖鸡，炖了一个多小时，鸡的口感差强人意。

晚上翻黎戈的《因自由而美丽》，很多熟悉的书扑面而来，还有她谈及书中的细节，有的我曾经留意或抄录于笔记本中。如《纯真年代》中，老迈的阿切尔重返巴黎，坐在埃伦的窗下，然后离去，一面未见。多年前读到这段时，很怅然，用笔画下。《习静》那篇，谈到独处，提到陀思妥耶夫斯基的《死屋手记》中写到的"被迫过集体生活"，两三年前看《死屋手记》曾抄录过这段，书中很多内容在博客上读过。读黎戈的微博很多年，一直默默喜欢着。两年前看她在新浪的微博，自己也开始写微博，因为之前我一直不知道微博写什么。然后我们互相关注，说到底都是书呆子。

天晴，阳光很好。上午去好又多亚太店买高筋粉，到了好又多先去对面的博语书店，买了两本《万象》第十一、第十二期，看了看上的新书，在书店感觉很冷，特别是脚下冷。后进超市，挑一袋五斤装的高粉，出厂日期是十一月。一袋干桂圆，想着与红枣煮甜水，尽管这两样都不敢多吃。不过干桂圆是我一直很喜欢吃的东西。

倪家桥路口等红灯，阳光正好晒着，很温暖，就想一直这样站下去了。以往老嫌九十秒的红灯长得很，第一次觉得短了。

回到小区想找个地方晒太阳，而午间的太阳还没升到头顶，多数地方晒不到，太阳晒不到的地方就特别冷，风吹得大叶榕树叶哗哗作响。回家看阳台，还正晒着，尽管阳光也快移到楼顶上去了，把出门前洗的衣服晒了，端出凳子在阳台上晒太阳，有风吹着也不太冷。翻了翻《万象》，吃了片烤的裸麦面包，切得厚厚的。午间比较静，旁边有个工地，午间也没那么吵。一点过太阳晒不到阳台，阴冷起来就进屋了。

下午五点半，从书房垂下的竹帘缝隙，看到西边正落日。拿出相机拍，暗想或许是这一年看到的最后落日了，明天有没有太阳是说不准的。离开十几分钟去洗头，回到书房太阳又落下去了一截，渐渐光没那么亮，太阳很清晰的形状出现了，红彤彤的，缓缓落入云霭中，那时六点过一点，西边天光暗了些，把竹帘放下来，回头看东边的天空还亮着，微蓝的天稍暗，天空有一抹抹灰蓝的云，又过了些时候，天色才整个暗了下来。想起在安达曼海上看日落，太阳一沉入大海后，天色瞬间暗了下来，头顶当然是深蓝的夜空，但海上黑茫茫，啥都看不见，有被黑暗吞没的恐惧。

二九第一天

十二月三十一日。周一。晴。零下一摄氏度到六摄氏度

上午用一段时间，把一本薄薄的《凌叔华散文选集》翻了一多半，有散文、文论、自传体小说。小说

242

还不错，以前顶多看过凌叔华一两篇散文。想看凌叔华的文章也因之前看知堂老人1963年写的《几封信的回忆》。该文回忆民国十二年（1923），凌叔华写信求教的事。知堂老人在文中说看了凌叔华的信觉得她是个颇有才气的女子，便答应了她。凌叔华把自己的文章寄给知堂老人看，知堂老人从中挑了一篇给《晨报》副刊发表，发表的这篇小说还引起了一些风波，知堂老人说"塞翁之喻，古已有之"。虽这篇小说引起了对凌叔华的无端诽谤，却又使得凌叔华的文名渐为人知。

看书的时候，熬了点儿糯米白粥。十一点刚过，出去买菜。这一年的最后一天，街上好像比较清静，下午逛商场，先去了凯丹后去了来福士。在来福士某店把两张咖啡券用了，在商场热得不行，跑三楼平台吹冷风，五点过，看太阳西沉，一年中最后的落日。下面人民南路上车流如织，西边天际安详如梦，真是天上人间，本想看电影，也没啥可看的，便回家了。

晴朗的一天。

二九第二天

二○一三年元旦。周二。晴。零下二摄氏度到七摄氏度

新年第一天，天气很好。上午去买茶叶，然后买蔬菜。下午去川大拿东西，天气这么好，想在校园逛逛，膝盖伤口还有点儿疼，还是算了。

晚饭后朋友打电话来约去洗桑拿，说新年第一天想跟我聊聊，以伤口疼不能沾水为由婉拒，本也不想出门，后来又收到一条短信，干脆就把手机调到了飞行模式。

今天想专心地把《甲骨文》看完，因是电子书，看起来很吃力。《江城》和《甲骨文》交错起来看，书中有几个人在两本书中都出现，他们是何伟在涪陵的学生，所以一起看就很有意思，《江城》看完一段时间了，接下来该看的就是《寻路中国》。

夜里十一点，把《甲骨文》看完。译者在附录谈翻译提到的一首特朗斯特罗姆的诗，是香港胡国贤在很久以前译的《轨道》，读来感觉不错。看过李笠译的特朗斯特罗姆的诗，印象深的是俳句。

轨　道

清晨二时：月明。火车停在
郊外的田野。远处，小镇点点光芒
冷冷曳摇于地平线上。

就像一个酣睡的人
将不复记忆曾处身之地
当他一旦醒来。

又像一个病重的人
日子就变成了一丛曳摇的光芒
微弱而冷冷的，于地平线上。

火车全然不动。
二时：月极明，星稀

　　昨晚夜深，见月色好，料想今晚月亮还会出现，
近十一点，在阳台上看月亮从东边升起。星稀，才见
一颗。空气寒冷。

二九第四天

二九第三天

一月二日。周三。阴

看了一天书，也是乱翻，三四本书堆在沙发上，张宗子、萨义德、汪曾祺等。看《老头儿汪曾祺：我们眼中的父亲》，书中有些内容已经在汪曾祺的文中读到过。读回忆录的好处就是，弄清了那些文章的写作背景。

为了参照回忆录，找出汪曾祺散文来看。书架上汪曾祺的书还是有好几本，我首先想到的是一本薄薄的《草花集》，这是买的第一本汪曾祺的书，扉页上记的购书时间是一九九五年五月二十五日，地点是梨花街口，两块钱一本，打了半折买的。记得同时买的还有胡适、李广田的散文选，我记不清当时为什么会在梨花街，但记得那个书摊。

阴冷的一天，风略大，只傍晚下了一趟楼。

二九第四天

一月三日。周四。阴。零摄氏度到五摄氏度

上午突如其来地飘了点儿雪花。十点过正准备去

菜市，雪花没飘多长时间，天毕竟有些冷。寻思吃点儿暖和的东西，在市场逛的时候，我就决定晚上做排骨汤锅，清淡，蔬菜多。买了排骨、玉米、番茄、白萝卜、胡萝卜、山药，以及各种菌菇，每样都不多。其实我想起了另一种汤锅，在云南会泽吃过的山药腊排骨汤锅，想不到腊味炖出来的汤锅也那么好吃，本来一直觉得腊味是很咸的，然而一经熬炖，加了山药，就非常好吃了，不过比较讲究的是山药，我们当时在吃这道菜的时候，就有意想买山药回成都，跑去问老板，才知山药是从丽江运来的，也就是说这种山药跟别处的不一样，我们说想买山药，老板根本不理我们。在云南近十天，吃过各种吃食，这道菜是让人怀想的其中一种。

下午厨房炖着汤，把山田洋次执导的《京都太秦物语》看了，来来去去的电车声，想起了侯孝贤的《咖啡时光》，有一年中的一段很长时间，曾把《咖啡时光》当背景音乐来听。

上午在卧室抽屉看到那筒沉香，已半年多没碰过，忽然想闻沉香味，于是抽一支插上，点燃，关好门，随着淡蓝轻烟袅袅升起，我又闻到那熟悉的味道。或许是冬天，或许是窗一直关着，到晚上屋子里香味还在。扬之水写宋人独坐焚沉香："风晨月夕，把重帘低下，焚一炉水沉，看它细烟轻聚，参它香远韵清。"这段文字真是优雅。

二九第五天
一月四日。周五。一摄氏度到四摄氏度

上午飘着细雨，从楼上看空中有细微的雪花，天色很暗。去家乐福买东西，在楼下看到商报上写青城后山下了几天的雪，我的心又飞到红岩村去了，今年也许会有更多时间上山。

在家乐福买了个分酒瓶，梅花样，当花瓶用。买了些别的东西，花菜、米、沐浴露、葡萄干等。

下午晚些时候，在网上看到朋友写红蓼的随笔，想起我对红蓼一直有深情，这段感情与童年有关，记忆中经常在河边看到，当然那时不知道是什么植物，一直到看了潘富俊的《红楼梦植物图鉴》后才认识大名，这本书的封面印有几种植物，其中一种就是红蓼。

生活在城里，见到红蓼的机会不多，记得多年前有一次在土桥郊外，看到成片的红蓼，长得半人高，正是秋风习习的时节。

晚饭后在厨房做咖喱，要守着煮，到八点才做好，不知不觉中站了两小时，厨房很暖和，其间翻了几页《张爱玲庄信正通信集》。寒冷的一天，明天小寒。

二九第六天

一月五日。周六。小寒。一摄氏度到五摄氏度

清晨空下来的时候，天还未亮。写了几个字，就在餐桌边翻《一池疏影落寒花》，看张宗子写在纽约的图书馆借书，最多可借五十本，我真的有些傻眼，我时常埋怨本市的图书馆，一次两本，时间一个月，太可怜了，倒不是要借几十本书，从人性的角度考虑，也应该宽泛些，倒是大学的图书馆在这方面做得还不错，比如曾有一年多常去西南财经大学借书看，路途稍远，但我也情愿，一次最多可借十本，两个月。我想起那两年，时不时地抱着厚厚一摞书从老校区的图书馆出来，真是快乐至极。后来出于种种原因没再去

西南财经大学，不过那段时光令人怀念，也看了不少曾心仪良久的书、稍旧的书。

话说回来，我在看张宗子的《一池疏影落寒花》的时候，想起我看的第一本张宗子的散文集《垂钓于时间之河》就是在市图书馆借的，也有好些年了。自读了那本书后，张宗子后来陆续出的书我都有买，恰恰最早读的那本没有。任何事都经不起想，一想到这儿，就想重看那本书。正好上午有事要去文庙前街，后来就去图书馆把《垂钓于时间之河》借了回来。看张宗子写乌桕树，想当初看这篇散文的时候，对乌桕是一无所知，近年认识这树，重看这篇散文，也有了会心之意。

上午出门细雨霏霏，天阴沉，中午太阳露了下脸，只很短的时间，下午又阴，寒冷异常。

中午独自吃豆花饭，晚饭青椒鸡，炒豌豆尖。

二九第七天

一月六日。周日。多云。一摄氏度到七摄氏度

寒雨纷飞了两天，今天一早太阳终于出来了，看

着微温的光线，也不觉得冷了。膝盖伤口也好得差不多，上午就去健身房活动下筋骨，中午从健身房出来去超市逛了逛，买了点儿棒子骨、鲜奶、胡萝卜。

穿过玉林的小巷去菜市，路过那条有棵大酸枣树的小巷，抬头看酸枣树，叶已落尽，枝丫光秃秃的。春夏路过时见它枝繁叶茂，曾想它是啥树，到了秋天看酸枣落一地，才晓得原来是酸枣树。一路经过还有好几棵这种树，但那些树都不如这棵高大。

在菜市买了两节红花藕炖汤，一块半嫩豆腐烧鱼，还去药店买了袋荆防颗粒，到家已两点。

在豆瓣上看了篇乔纳森以前写的《读周译〈如梦记〉书后》，《如梦记》这本书是我很喜爱的书，薄薄一本，装帧也很美，封面在暗绿色的背景中嵌一幅日本风俗水彩画，封底也是暗绿色，经常拿来翻。这本书是陈子善编，文汇出版社于 1997 年出版的，但我买时已是 2003 年了，不知不觉这已过去了十年。这本书是在建设路华联的特价书店买的，好像是半价。我真是很怀念那家特价书店，当时买了不少不错的书，记得那时是春天，去了几次那家书店，每次过去选几本，坐很久的公交车来回，还记得在建设路等车时候，就看到街边梧桐树嫩绿的新叶，浅浅的绿浮在整条道路上。后因"非典"，书店就关了。

晚饭后烤一个八寸的黄油可可戚风，一盘浓咖啡意大利脆饼，加了核桃，老觉得这个脆饼就跟桃酥相似，冬天打发黄油很费事。

二九第八天
一月七日。周一。二摄氏度到九摄氏度

早上大雾，白茫茫。开门时闻到那种冷冷湿湿的气味，像极了过去雾中去上学闻到的味道，是典型的成都冬天，太阳是九点过出来的。

上午整理书，为找几本书，把夏天装纸箱的书翻出来看，有些书很久不翻，这其间或许又过了几年，再看时因为种种原因，有些当初只随意读过的内容，又重新引起兴趣。比如李敬泽的随笔集《看来看去或秘密交流》，至少有五年没翻过了。前些天看扬之水写沉香，李敬泽的这本书也有写沉香，那篇《沉水、龙涎与玫瑰》，旁征博引，写得异趣横生。读了《修道院

的"魔鬼"》才想起，那年读萨拉玛戈的《修道院纪事》，是因为这篇文章，记忆真是靠不住。

中午路过南站花市，在一家店买了两个风信子，打算水培。去年的风信子前一阵子种下后，长得很顺利。想买蓝色的，问老板能不能辨认出来，从才开始长叶的风信子中辨色，她说毫无办法。只好碰运气，随便选了两个，还买了水仙。回家把两个风信子的泥土洗掉，装在玻璃瓶里，等白色的根须长起来了也好看。

二九第九天
一月八日。周二。零摄氏度到八摄氏度

一早又是雾，八点过太阳出来，虽有太阳，屋里依旧很冷。中午在阳台上站了会儿，太阳晒着有些暖意，但外面很吵，旁边一个楼盘在施工。看铁线莲，枝叶全黄，毛茸茸的种荚一直还在，我以为枝干都枯死了，仔细看发现在几个枝节有米粒大，暗绿的叶苞，才恍然大悟铁线莲又要发芽了，明白必须剪枝，若就此让它发芽，也不会长好的。重新看栽培铁线莲那本书，关于剪枝的铁线莲分了三类，我这种夏天一直开

花的属第三种，不用贴着根剪，在距根三十厘米处剪，照此法剪掉，把剪掉的藤又剪段，插在盆里。"小铁"陪了我近一年，感谢它这一年带给我的欣喜。

又看怀特的书。多年来一直喜欢读怀特的书，无论随笔还是他写的童话，读过他的书有《重游缅湖》《这就是纽约》《夏洛的网》《精灵鼠小弟》《吹小号的天鹅》。1929年怀特在致斯坦的信中写道："很早以前我就发现，写日常小事，写内心琐碎感受，写生活中那些不太重要却如此贴近的东西，是我唯一能赋予热忱和优雅的文学创作。"怀特果然从不让我失望。

三九第一天
一月九日。周三。多云。一摄氏度到十摄氏度

连着三天出太阳，虽已进"三九"，也没那么冷。洗了衣服晒好后出门，去红旗超市给公交卡充值，逛了下附近新开张的人人乐超市，在蓉国府的地下层，出乎意料的大，只看了看蔬果，然后出来去了菜市。

路上要经过胖哥的旧书店，进去看了看，胖哥在电脑上看电影，我还念着一周前看到的那本林文月译的《枕草子》，是一本新书，这本书还在那儿，还有费雪的美食随笔、朱文的小说。都是新的，后两本不太感兴趣，我把《枕草子》拿了，搁那儿可惜了，价格很便宜。只是想不通，这些新书怎么会进旧书店，问过胖哥，他说是人家送上门来的。

我好像跟《枕草子》很有缘，周作人译的买过三本，有两本送人了，这其间的曲折故事，都可以写一篇长文出来，想起多年前，林文月译的《枕草子》还没有内地版本，还是从阿树那儿要的电子版来看。

回来在园内一个角落看到天竺葵，掐了一节，又闻到浓浓的气味，这种气味我不讨厌，是我熟悉的味道，十几岁时家里种过，开红色的花，长得特别好，因为太过茂盛，又移栽了一盆，那时就习惯了这气味，把天竺葵先用水养，到春天栽到盆里。

晚上看《回我的家》（Going my home），是枝裕和执导的这部电视剧真是温情脉脉，看着就想起了前年看了两遍的《距离》，在网上搜不到视频，只得把碟子找出来看。《距离》和《幻之光》是我看过的是枝裕和的片子中最喜欢的两部。

三九第二天

一月十日。周四。多云

上午把几种花种包好，牵牛花籽最多，分不清颜色，准备寄往广东和重庆。最冷的时节，昙花却在发新芽，嫩芽是暗红色。瑞香放在卧室窗台上，花蕾的红在一天天变深，中午闻花骨朵，其中一朵散发出丝丝香气，前两天我也闻过，没闻到香，估计要不了几天就会开花。

下午昏昏沉沉睡了两个小时，小姬在微博上说她的爱好弹琴的芳邻弹十二平均律，有这样的芳邻当然是幸事，我对门爱好弹琴的估计是阿姨，她经常弹的都是红歌之类的，另一个估计是声乐老师，时常在家里教学生声乐，我曾想若唱《晴朗的一天》之类的我还很欣赏，当然事实不是，话说回来，好像有一段时间了，既没听到唱歌也没听到弹琴。

三九第三天

一月十一日。周五。多云

那晚找是枝裕和的《距离》时，看到《夫妇善哉》，确认是没看过的，在图书馆看到过同名小说，作者是织田作之助，动过念头借来看，但又不是特别想看，只想到反正图书馆在那里，啥时都可以看。

晚饭后把《夫妇善哉》看了，温情幽默，商店小开和艺妓的苦乐生活。导演在细节刻画上很有意思，从头到尾食物贯穿片中，油炸藕片、咖喱饭、炖了一天一夜的海带、关东煮及善哉饼等，善哉饼就是红豆煮年糕。夏目漱石在散文《抵京的傍晚》中，回忆与正规子岗第一次到京都，印象最深的是在街头吃"加年糕片的红豆粥"，估计跟善哉饼是一样的，一年多以前的三月，看过夏目漱石这篇散文也依样画葫芦地做过红豆煮年糕。

阴历十一月的最后一天，明天即将入腊月，天气尚好，不太冷，对一天天将近的春节心情复杂。

三九第四天
一月十二日。周六

早上看了几篇张中行的《负暄续话》，其中一篇《再谈苦雨斋并序》，文中略略谈了谈周作人的人、文及我比较感兴趣的一方面，另外还有他们之间的交往。张中行与周作人的交往主要是在中华人民共和国成立后，张中行每年去几次八道湾胡同看周作人，表示问候、闲谈，通信比较多一些，文中写到周作人八十岁左右时，收拾"长物"分赠故旧，张中行收到的是一个石章，刻有"忍过事堪喜"，这句话在周作人散文中读到过不止一次两次，其实所谓"长物"这类东西，是最令人伤怀的，张中行写道："无论如何，能够及时安排后事，从容不迫，总是好的。但我接受这类小品，有时翻看，如永明三年砖拓片，上有二印，一小为'起明所拓'，一大为'江南水师出身'，想到人生多事，逝水流年，不禁推想他及身散时的心情，连自己也不免有不堪回首的幻灭感。"

十点坐公交车在红照壁下，到陕西街一书店给孩子买了英语方面的资料。看时间充裕就走回家，路过锦江桥头看看日本红枫，捡几片叶子，青青语鹤说可以制书签，方法是先包上白纸夹在厚书里，水分干后过塑。这个方法简单，前些日子捡了不少各类红叶，过几个月可以试一下这个法子，比做叶脉书签容易多了。坐公交车上看人民南路华西医大这段的桃叶卫矛红得很好看，走近了树高又看不分明，捡了几片叶，红得还漂亮。一路淡淡的太阳都在树梢上，有薄薄的雾。

晚八点过从健身房出来，在来福士买两个香芋派，超市买盒鲜奶。九点钟的街上，行人不多，清静得很，走到科分院那段，忽闻蜡梅香，不知何处飘来，伴着走了一段路。

三九第五天

一月十三日。周日。雾霾。四摄氏度到十摄氏度

下午回来绕到小区一角看蜡梅。蜡梅大略有两种：狗爪梅和素心梅。狗爪梅的叶还没落，花色淡白略黄，花心微红，而几丛素心梅，叶落尽，花色黄得发亮，花心白色。素心梅比狗爪梅好看得多，也特别香，我在花下站了好一会儿，可天不好，灰雾茫茫。

到家想起瑞香，怕在我不注意时候就开花了，那朵浸出丝丝香气的花蕾白色明显了些，其实我想，也许这时是最好的时候，有淡淡花香，花却未开，若花

盛开，也就意味着凋谢有时。

晚上看《幻之光》《秋刀鱼之味》。《幻之光》里大海的镜头很多，大海对我总是很有诱惑力，我找了一张普吉皇帝岛的明信片，自己拍的照片也很美，只是一张都没打印出来。把梳妆柜上相架里莫奈的睡莲换下。皇帝岛那片洁白的沙滩，曾经清晨七点左右，独自在无人的沙滩上看花看海鸟，面对宁静蔚蓝的大海久久发呆。

三九第六天
一月十四日。雾霾。六摄氏度到十摄氏度

气温不算低，雾霾天继续。早上把雪豆泡着，下午菜市买了猪蹄、菜头。在玉林北巷一个熟识的摊子上买金堂脐橙，今天看摊子的是大爷，有时是大妈，或者是他们的儿子。夏天的时候他们卖西瓜，有时晚上八九点钟路过，那时都是他家儿子看着摊子，西瓜就装在一辆面包车上，会买半个宁夏西瓜拎着回去，前些日子在这里买过脐橙，又便宜又好吃。大爷说是从金堂拉来的，他们家是金堂的，今天的脐橙都用塑

胶纸包着，我问为什么，大爷说再不包就要失去水分，我说还以为是刚摘下来的，他说不是，是九月间摘的，若这时才摘对果树明年开花结果不利。农村老人说九月间肯定指的是农历，也就是阳历 11 月。他说红薯也好吃，我又买了几个板栗红薯。

路过社区阅览室，门开着，里面没人，进去看了看架上的书，看到一套《苏轼文集》，找到其中一本收有尺牍的翻了会儿，今天不能外借，不然真想把这本借回去看。

回家烧水想炖汤，才发现停气了，炖不成汤，买的菜头也没法炒，后来把菜头切成薄片，用微波炉煮了一碗汤，心里美萝卜做麻辣萝卜丝。《老头儿汪曾祺》中汪曾祺有道拌萝卜丝的菜，没加辣椒的，杨花萝卜不去皮切丝，加少糖略腌，装盘，吃的时候浇三合油（酱油、醋、香油）。今天拌萝卜丝本想用这个方法的，后来才想起没香油，晚饭后有气，把雪豆蹄花汤炖了，泡了一天的雪豆果然容易炖熟。

三九第七天

一月十五日。周二

买蒜瓣和米醋，照小姬说的法子泡腊八蒜。我对吃这个不是很感兴趣，只是好奇怎么会把蒜泡成绿色，人家是腊月初八来泡，今天才初四，我倒是提前就泡了，上网查了下，泡腊八蒜是华北地区的习俗，腊月初八来泡，一个多星期后蒜慢慢变绿，春节时吃正好。用了一个宜家那种大的密封玻璃瓶，醋一瓶，蒜近一斤，刚好泡满，放在木架上，旁边是同样瓶子做的石榴酒，秋天做的，暗红色，用冰糖泡，只尝过一点儿，还有大半瓶。石榴酒味道比想象中的好，秋天做的时候还有些犹豫，度数不低，铁定几杯要醉。

看了大半本《然后，我就一个人了》，薄薄一本书，是山本文绪离婚后独自生活一年间的日记。

天气比较好，有太阳。

三九第八天

一月十六日。周三。多云。六摄氏度到十二摄氏度

瑞香开了一朵，清晨花瓣开了一点，像雏鸟张开

的小嘴。中午过后渐渐全开，香气也浓烈多了。

翻流沙河先生的《书鱼知小》，看《释皂》那篇，后面写到菩提树的籽实通称无患子。我想这点有误，无患子树与菩提树是两种树，倒是无患子籽实叫菩提子。

早上有雾，后来出太阳，天暖，晚上散步回来，看到上弦月。

三九第九天
一月十七日。周四。多云。五摄氏度到十三摄氏度

上午去物管缴物管费及水电费，顺便问宽带啥时到期，二月二十五日，刚好过完春节。去菜市买了红油菜、牛肉、豌豆荚。这些天豌豆尖贵，居然卖到五块钱一斤，我已有十几天没买过了，没看到乌塌菜，本想炒冬笋乌塌菜的。菜市有一个小摊最近卖东北特产，我尝了尝酱双脆，青黄瓜和红灯笼椒，用酱油泡的，里面加了姜片、青辣椒，别的不知还加了什么，觉得挺好吃，买了半斤。

下午翻汪曾祺的《人间草木》，在《淡淡秋光》一文中看到汪曾祺写青冈子，他文中叫茅栗子，以前

没注意到写了这个，昨晚看流沙河的《书鱼知小》中也写到过，汪曾祺文中写道："橡栗即'狙公赋芧'的芧，不知道为什么我们小时候却叫它'茅栗子'……我们那里茅栗子树极少，只有西门外小校场的西边有一棵，很大。到了秋天，茅栗子熟了，落在地下，我们就去捡茅栗子玩。茅栗有什么好玩的？形状挺有趣，有一点儿像一个小坛子，不过底是尖的。皮色浅黄，很光滑。如此而已。我们有时在它的像个小盖子似的蒂部扎一个小窟窿，插进半截火柴棍，成了一个'捻捻转'，用手一捻，它就在桌面上旋转，像一个小陀螺。"这种玩法跟流沙河先生文中写的玩法一模一样。我拿出上次在植物园捡的青冈子研究半天，不记得小时曾这样玩过，估计我那时就把这青冈子捡着玩儿。

天暖有太阳，半下午稍冷。

四九第一天
一月十八日。周五。七摄氏度到十摄氏度
上午出去办事，赶时间在家门口坐地铁，十一点左右，想不到地铁如此拥挤。想了想，春节快到了，有些人要离开这个城市，到了北站几乎都下空。出站时也第一次花了很长时间才到地面。

下午回去坐公交车，在顺城街转车，等61路。车老不来，天灰蒙蒙的，感觉冷，天气不好，人也觉得烦闷。过了四五辆56路后，61路才来。上车后运气不错，很快就有了座位，因坐得远，拿出薄薄的书翻，是陀思妥耶夫斯基的散文集《狱中家书》。坐车时间长的话，特别无聊，一般我会带本薄薄的随笔类书放在包里，看几眼。其实现在绝大多数人都是玩手机。我也常常看手机上下载的电子书，也方便，但是对视力非常不好。

晚上独自一人吃饭，炒蒜苗回锅肉，炖雪豆汤。看了黑泽明执导的《德尔苏·乌扎拉》，电影不错，因为手中有一本弗·克·阿尔谢尼耶夫的《在乌苏里的莽林中：德尔苏·乌扎拉》。黑泽明执导的这部电影就是根据这本书改编的。

阴晦的一天，半下午更昏暗雾漫漫。

四九第二天

一月十九日。周六

腊月初八。我没做腊八粥，嫌麻烦，也没人吃。早餐喝牛奶，吃鸡蛋、燕麦粥，我喜欢吃这个。粥煮得稠稠的让它巴锅，我喜欢吃锅巴。

上午出去一趟，下着毛毛雨。看了一下午《老头儿汪曾祺：我们眼中的父亲》，看汪明写的那部分，意想不到的好，写出了汪曾祺作为慈父的种种，他的性格、为人等，很多地方让人动容，也有让人心生怜悯的地方。

晚上想烤曲奇，裱花袋没法用，换成了各种形状的饼干。烤饼干的时候，看中央广播电视总台电影频道的佳片有约，是美国电影《野战排》，没有一心一意地看，我一直在想，二十多年前的可能是1984年或1985年，我曾看过《野战排》的剧本，片名记得清清楚楚，但内容几乎忘得一干二净，那些年我看过很多电影剧本。

半下午时窗外又浓雾茫茫，间或有丝丝细雨。

四九第三天

一月二十日。周日。阴

夜里睡不着，起来继续把《老头儿汪曾祺：我们眼中的父亲》看完，女儿们笔下的汪曾祺天真、不懂世故、不圆滑，令人啼笑皆非，然至情至性觉得非常可爱，及至晚年的衰老及疾病，读来又令人嘘唏。

大寒，阴冷，中午捧着杯咖啡穿过玉林的一条小巷，风吹得哗哗作响，落叶遍地，构树叶、小叶榕、柳叶等。买了盆郁金香，黄色，四朵。

腊八蒜渐绿，看着好玩儿，在小姬的指导下分了一瓶泡深色米醋，两瓶都在渐渐绿了。

路上看人家挂香肠煮腊肉，我一点儿感觉都没有。

四九第四天

一月二十一日。周一。多云。三摄氏度到十二摄氏度

早上看着红彤彤的太阳从东边霭霭云雾中钻出来，遇上好天就洗衣服，等着衣服洗完的时间在餐桌上临柳公权小楷《金刚经》半篇。明媚的光线洒在餐桌上、

身上，时间一长就暖和，冬天的阳光总让人愉悦。

又去买袋高筋粉，这些日子常烤面包，高筋粉用得快。

晚饭后去人南立交桥下的五金店买灯泡，太阳落山后，有些冷，穿了件稍长的羽绒服出去。七点，人民南路上车流长长，路过人民银行，闻到蜡梅香，暗淡的光影中，墙内的蜡梅伸出来，想起秋天的时候，路过这里，闻得到桂花香。抬头看到月亮了，淡淡的。在小店买了灯泡往回走，想闻蜡梅香，就在小区内蜡梅丛边的椅子上坐了会儿，稍稍远了点，但还是闻得到花香，暗香浮动，这花香也闻不了多长时间了。遇附近书报亭的店主，也同住一个小区，跟她打招呼，她说好久没看到我了，其实自去年五月后，我就不买报纸了，也就难得跟书报亭店主打照面，以前去买报纸，有空就要聊聊天。之前一直买报纸，坚持了十几年、二十年，想想可怕，一桩事一不小心就坚持了这么长时间。当有些事改变后，与之相关联的事也会跟着改变。我自己对看报这件事还真的是无所谓。

《爱默生日记精华》里说："不朽。所有我已经找到的安慰教导我，使我相信，在我还不知道的时间和地点我得到的安慰不会少。"这句话，对我也是一种安慰。

四九第五天

一月二十二日。周二。晴。三摄氏度到十五摄氏度

上午陪人去荷花池市场，坐地铁过去，到火车站约十五分钟。年前的荷花池市场，用人潮拥挤来形容，一点儿也不为过。我一到这里就找不到方向，哪里批发什么，从来都是不清楚的，我们问路边守车的师傅才搞清楚布料批发在哪里。

在一栋旧楼内找到布料批发区，杂乱拥挤，布料也分了区，如棉布类、化纤类、雪纺类、呢绒类等。我们找棉麻布，找一种白色的棉麻布，博物馆用。看了几家，找到相似的两种，一样买了一米，店家不愿卖，人家是搞批发的。在一家店，看到许多各色的金丝绒，还有人买的确良。我去摸店家抱出来的的确良，的确良这个名称太熟悉了。小时候，有相当长的一段时间的确良很流行，那时认为棉布老土，的确良很潮，

现在当然早已颠倒过来了。我听买家问的确良的价格，非常便宜，三四块钱一米。我摸着的确良，手感陌生，一点儿也找不回小时候的感觉。

后来看到卖花布，还有各色粗细的灯芯绒，我对纯棉花布很着迷，喜欢碎花。看了半天，看得眼花缭乱，然而啥都不会做的人，只有空欢喜。看到有几种纯色比较好的面料做床单不错。听说布料批发市场下月初搬到附近的什么地方，没记住名字，就离开了。

在人民北路坐公交车回去，在芳草街下车去菜市，在一家熟识的摊子买鸡，摊主认识好多年了。摊主生了两个孩子，小儿子刚上学。她教我如何做菜，还跟我说哪家的芋儿好吃。我真的去了她说的那家卖芋儿的摊子，晚上烧芋儿鸡，确实好吃。

下午两点过，从菜市回家。阳光最好的时候，清澈、明净，恍若初春。

四九第六天

一月二十三日。周三。晴。三摄氏度到十五摄氏度

这段时间断断续续地重温小津安二朗的电影。昨

271

晚把《彼岸花》看完，与之前看的《晚春》《秋刀鱼的味道》《麦秋》一样，同是嫁女的主题；接着看《秋日和》，看了一段，昏昏沉沉，十一点不到就睡了，半夜醒来嗓子不舒服，感觉是着凉了。

今天天气依旧如昨，起来后只轻微不适，去了图书馆，看到庞培的诗集《数行诗》，于是靠在窗边，有阳光照着的地方，一页页翻下去，被一首首诗深深触动，也看到了那首多年前刊登在《书城》上的《锡澄大运河》："开春的气流在河上漂浮／柴油机马达的轰鸣劈开晨曦／从旧货栈码头掀开的苫布上天色破晓／长长的内陆货轮／拖来一夜春雨／隆隆春雨宛如运河两岸／浸泡了一整个冬季的北方木排，各种／油污、霜雪、船用垃圾、枯草的碎屑／在一年之初的春天，向着下游漂去。"本想借走的，后一想喜欢的诗集是不适合借阅的，想起多年前买的庞培的散文集《五种回忆》，读完后也不知搁在了哪里。冬日的图书馆总是透着清寒，我渐渐觉得背心发凉，也无心思慢慢浏览下去了，找了两本日本小说离开，一本是宫本辉的《梦见街》，另一本是井上厦的《手锁心中》。

微博上看小轩贴红梅，原本今天的打算是去了图书馆后就去王爷庙，看河边的红梅开没开。昨天坐车过万福桥时恍若看到河边那片梅林绯红一片，因为感觉不太舒服，只有改日了，小轩说红梅只开了几朵，多数还是花骨朵，这个时候的红梅应该就是这个样子。

四九第七天
一月二十四日。周四。晴。四摄氏度到十七摄氏度

上午要去桐梓林，出门前想着天气好可以拍刺桐花了，想象满枝的红花，微蓝的天做背景应该是最好看的。走到那片长了很多刺桐树的地方，一朵花都没了。一个多月前，因有事天天路过这里，那时所有的树都在开花，尽管那几天连连天阴，但丝毫不减刺桐花的红艳，不觉中一轮花事尽。不过仔细看枝丫，还有许多花骨朵，估计过些日子还能继续开花。

中午买菜回来路过玉林东街，在胖哥的书店门口看他收的老东西，他说才从一个八十多岁的老人那里收了几百块钱的书回来，叫我看看。我大略看了看，有周作人、林语堂、黄裳等的散文，吴敬梓和他儿子

的诗文，袁枚的诗文选，以及《阅微草堂笔记》等，还有些记不清了，我只记得住我感兴趣的，挑了本《梦粱录》和袁枚的《子不语》。想到八十多岁的老人自己处理藏书，虽有些令人黯然，未尝不是一件欣慰的事。

　　下午烤传说中的普鲁斯特的玛德琳蛋糕，模具是昨天收到的。没烤原味，原味要柠檬皮，家里没有；烤了抹茶味，拌好的蛋糕液要在冰箱冷藏一个小时，拿出来回暖后再倒进模具，回暖比较慢，夏天会快一点。烤出来后我尝了一块，明白了玛德琳好吃的地方，是在它薄薄的边上，玛德琳形状就是中间厚边缘薄，贝壳形状。所以它又叫贝壳蛋糕，边缘烤得略微焦，因而是脆的。

　　晚上从健身房出来，阴历十三的月亮，月色极好。今天真是阳光明媚的一天。

　　四九第八天

　　一月二十五日。周五。晴。五摄氏度到十五摄氏度
　　上午去府青路某同学的单位，今天她值班，前两天就叫我过去，早上打电话时她说曹家巷菜市春节前要拆，我说正好要去看看，早知北改曹家巷是重点，只是没想到这么快；那些老房子也该拆，环境太恶劣。我多多少少对那附近的菜市有些留恋，便宜的菜，热闹的市场，我好像特别喜欢那种氛围，就如同喜欢乡村的赶场天，若外出遇乡镇赶场，就必须得逛一逛。

在章灵寺转 49 路，看到路中隔离带上种的红梅开了，真好看，我又想找地方去看红梅了。在游乐园下车，到曹家巷菜市逛了逛，依旧热闹，只买了点儿蔬菜，然后就去同学的单位，离菜市很近，一站路的样子。今天太阳没昨天好，走到树荫下就有些冷，我又穿少了，一件毛衣，一件大衣，出门就后悔，好在同学办公室不冷，在她办公室聊了一下午，商议我俩如何过春节的事，离开时已下午四点。

傍晚重拿出安妮·弗朗索瓦的《闲话读书》翻了几页，这本关于读书的随笔写得很有趣。书中处处有会心之处，如《床上的读书迷》这篇，文中记叙安妮读书的种种状况与习惯，我与之有相似之处，如安妮小时候偷偷打着电筒在被子里读书，我是中学住校的时候，十点钟关灯后，我就打着电筒在被窝里看书。安妮写道："入睡之前，我必须要读会儿书，哪怕已经是凌晨四点了，我还是要翻上几页。"我简直跟她一模一样。

四九第九天
一月二十六日。周六。晴。六摄氏度到十八摄氏度

上午在万福桥府河边看梅花，宫粉开得最盛，有花瓣飘落，次之红梅。整个这片梅树林，花开得有三分之一多点。绿萼还是骨朵。穿过小径，闻得到淡淡梅香。天很蓝，阳光灿烂。

昨天看园中的蜡梅，花多残败不堪看，但香如故，也颇为惊心。

晚八点过从健身房出来，夜风不算冷，一路都看到圆月，起初还朦朦胧胧的，一会儿就明亮起来，又圆又亮。

转眼就要"五九"了。"五九""六九"沿河看柳。天应该渐渐暖和起来，只不过，觉得很冷的时候也只有几天时间，没冷够，天气古怪。

五九第一天

下午去妇女儿童医院看望刚生了孩子的侄女。很久没来城西，一路上都在堵车，公交车线路改得我晕头转向。二环高架，光华大道的地铁四号线，俨然成都市区就是个超级大工地。从城南过去，到黄田坝，花了近两个小时才到医院。看到刚出生三天的小婴儿，可爱得要命。同时惊闻一个噩耗，一个表哥昨天早上去世。他年纪比我长十来岁，虽不是我的亲戚，也认识超过二十五年，特别好的一个人，去年晚春听说诊断出肺癌，大半年来我一直怀着侥幸心理希望好好的，也不敢去看望，没想到这么快就走了。

四点过从病房出来，乘电梯时默默地想起那个离开的人，心就一直往下沉。那种悲痛挥之不去，人生真是太幻灭了，年岁渐长，生离死别经历的多了。除了知道人生毫无意义以外，也看淡了很多。也因如此，多年来我爱劝人的一句话就是人生苦短，及时行乐（Seize the day）。

Seize the day 这句在中外诗歌中有所表现。古罗马诗人贺拉斯在《颂歌》中有诗云：

> 聪明一些，斟满酒盅，抛开长期的希望。
> 我在讲述的此时此刻，生命也在不断衰亡。
> 因此，及时行乐，不必为明天着想。

五九第二天

一月二十八日。周一。晴。六摄氏度到十八摄氏度

天渐渐暖和，近日阳台上白头翁飞来停仁的次数多了。一听到很近的鸟声就知道在阳台栏杆上，隔帘观望鸟儿，不敢靠近，白头翁的警觉性特别强。看到白头翁飞来，才想起阳台上很久没见它们的踪影了。白头翁又名白头鹎，是阳台上的常客。

上午在玉林北巷流动摊贩拉的三轮车上买的儿菜，一块钱一斤，很便宜。连着茎根，儿菜没掰下来，很大一块。晚上切片煮汤，清香又嫩。

晚饭后困得不行，睡了三个小时又起来写日记。此时月上中天，二十三点四十分。月色极好。

五九第三天

五九第三天

一月二十九日。周二。阴。六摄氏度到十三摄氏度

在玉林的一家小店修剪头发，年前做头发的人多，等了很长时间。开店的是一对夫妻。等得无聊，拿书出来翻。听到夫妻俩为啥事在争论，吸引了注意，终于听明白是为了老家的一棵树。他们老家有人打电话来想买他们家老屋的一棵树。妻子说不卖，我问她是啥树，她说是菩提树，给我比画树有多粗，他们老家在绵阳，新修了房子，树因为大，无法移过去，旧屋又没人住，树也没人管，说这棵树去年也有人想买，出了八百块，今年又有人来问树的事，她说舍不得卖，又怕别人偷，她还说到了青冈树，在老家卖多少钱一棵。我想起了青冈树的黄叶和果实。

在菜市买了半支老鸭、山药和各种菌菇。晚上做酸萝卜老鸭汤锅，山药、菌菇及白菜等煮汤里。做个汤锅比煮饭炒菜煮汤来得还简单，难怪我现在越来越喜欢做这个了。果然是老鸭，摊主没骗我，炖了三个小时。汤锅主要是汤好喝，还有各种菜好吃。

整日阴天，气温略降但不冷。晚归，风大，从小

区黄桷树下经过，听到树叶哗哗作响。

五九第四天
一月三十日。周三。晴。八摄氏度到十八摄氏度

去了趟我哥那儿，拿嫂子帮织的婴儿鞋，顺便问团年饭的事。从他们家出来后，在附近小花店买了一棵风信子，因为是漂亮的粉色花，刚开出一朵。看到路边的蚕豆开花了，想起去年此时在大理，洱海边大片大片的蚕豆田，初时在蝴蝶泉山脚下，不明就里地闻到阵阵熟悉的香，但就想不起是什么的香，直到后来看到蚕豆花，我才恍然大悟。

来去的公交车上，看了小半本《夏济安日记》。井上厦说世上有两种人，没有书也能活的人和没有书不能活的人。我把自己归为后者。

五九第五天
一月三十一日。周四。多云

阳台上残存一部分牵牛藤，一直没打理，枝叶早枯，牵牛籽依然在上面，只是一直觉得透过玻璃窗看

去还可以看，至少冬日里没有光秃秃的感觉。上午在餐桌边看书，那时太阳已出来，天空没那么澄澈，有薄薄的雾霭。听到白头翁的叫声，抬头看，这只白头翁居然在牵牛藤上啄花籽吃，没想到鸟儿要吃牵牛花的籽，它待了一会儿就飞走了。

楼下的贴梗海棠又开了几朵。看红叶李，才几天时间，暗红的花蕾就长出来了。我不得不感叹，春天真的来了。

下午看了一部分法国电影《爱》。晚上回来继续看到十二点才看完，两个小时的片子。

五九第六天

二月一日。周五。阴。十摄氏度到十六摄氏度

上午去省博物馆拿东西。河边的梅花也开了，仔细看有两三个品种，但梅树的树形差，好像看到绿萼开了，花骨朵是绿色，花开了是白色。在公交站台等车时，看河对岸的几株白梅，远远望去疏疏淡淡的，很好看。想起许多年前，一月的时候，跟朋友去西岭雪山，车行驶在郁郁葱葱的山中时，山间不时有白梅

出现。我特别喜欢白梅，有年春节在花水湾，一大早起来，在一棵白梅树下站了半天，还记得草地上的白霜。

灰蒙了一天，晚上七点的时候，暮色四合，我看到天是灰蓝色。

五九第七天

二月二日。周六。多云。十一摄氏度到十八摄氏度

一天天升高的气温，被子不停地换，今天收了羽绒被，洗了两件羽绒服，稍长的那件这个冬天穿的次数都数得清，冬天就这样过完了，心不甘似的。

看了三集英国广播公司（BBC）拍的《植物之歌》，多年前喜欢看《植物私生活》，也是BBC的。这部《植物之歌》着眼植物跟地球及人类的关系，很神奇，让人长见识："从一点四亿年前开花植物进化问世开始，它们改变了我们这个星球，控制了整个植物世界，重塑出地球的面貌，总而言之，花推动了动物的进化，特别是灵长类动物，从而也决定了人类的进化方向。"

健身房关门放长假，于是晚上我去华西医大跑步。又是好几个月没过来，冬天运动场上锻炼的比夏天略少，一个多小时后离开，回到小区后，在楼下掰了枝贴梗海棠插瓶。

雾霭，有太阳，晚上有风。

五九第八天
二月三日。周日

腊月二十三，明天开始要做清洁了，除掉旧年的浮尘及其他。

省博物馆从明天开始展陈《画说红楼》，与旅顺博物馆联展，是旅顺博物馆收藏的孙温、孙允谟画的《红楼梦》。记得有一年在三圣乡看过一个图书装帧设计展，作家出版社出版的孙温绘的《孙温绘全本红楼梦》，精美得令人爱不释手，曾动心想买，就是太贵了。这次省博物馆的这个展，我不会错过。

街头卖烟花的棚子搭了出来。树上挂着红灯笼，人民南路隔离带上的树也披满了红色彩灯，不少人提着大包小包在离开这座城市，卖火车票的代售点依然排着长队，许多小店贴出了放假的时间表，还有的已关门开始放假了。

年近，这个城市要开始清静了。

五九第九天

二月四日。周一。多云。十一摄氏度到十九摄氏度

清晨七点从厨房阳台上抬头看到了月牙。大扫除从拆洗窗帘开始，做完厨房清洁为止，余下的就比较轻松了。把阳台也清理了，给米兰、百合换盆，把残枝都扔了，用水洗了一遍地，重新摆置了花盆，这样看起来很清爽，也腾出了一些空间。

上午擦玻璃窗的时候，看着贴梗海棠开了一点，午后就全开了，花瓣像腊质的一样。

立春，有太阳。

六九第一天

二月五日。周二。十一摄氏度到十四摄氏度

继续大扫除，洗窗帘，擦窗子。每次擦窗子，我都在想会不会掉下去。把厨房小阳台也洗干净了，大

扫除几乎做完。去年我没大扫除，没那个心情，也是许多年里唯一一次。去年天气比较冷，腊月里都阴晦得很，还下雨，回想起来那个冬天就跟心情一样晦暗。

午后在玉林东街一菜店买了棵莲花白，过到对街旧书店看看，看到一套三本用牛皮纸包得完好的《水浒传》，翻开看到扉页上贴了张阅书须知，是打印的，写着请勿折叠、请勿卷裹、请勿弄脏、请勿撕毁等字样，落款是主人启。看到书主人的认真劲儿，我又把另两本翻开看，也同样有。这套水浒是1975年上海人民出版社出版的，算算已有三十八年了。三本书都保存得非常好，并且干干净净，可见主人是多么爱惜书，简直跟孙犁先生有得比。在《书衣文录》中经常看到孙犁先生惜书的记述，如写他自己"对书籍爱护备至，不忍其有一点污损"。或有人借阅不爱惜，书弄脏归还，孙犁先生也颇有微词。书之命运，也不可测。想想这套《水浒传》，近四十年了，如今流落到旧书店，或许书主人已不在了。

腊月二十五，后天回家吃团年饭。晚饭后去超市买礼品，如水果、点心等。

六九第二天

二月六日。周三。十摄氏度到十九摄氏度

给侄女送婴儿鞋过去。逢年过节去哪儿都得带点儿礼物，想来想去送一条丝巾给姐，是省博物馆以馆藏的边寿民芦雁图册页中的一画荷花制的手绘真丝围巾，很漂亮。昨晚才拿回来，我喜欢的东西也喜欢送人，下次去省博物馆要记得去看看这套册页。

坐公交车去机投的路上，不时看到路边有红梅。姐姐家楼下的园子里也有几棵红梅，开得比较繁盛。姐问我春节打算去哪儿，我说没安排。去年她开车我们一起去的云南。她叫我没事去她那儿玩。

下午回家，在九如村的好利来买面包，还买了一杯招牌咖啡。路过玉林东路一菜店买了棵大白菜、油菜、菜头、西兰花及莴笋，都非常便宜，但是不敢多买菜，从明天开始一人在家，吃不了多少，只有少数蔬菜可以放，大白菜是其中之一。

三点过到家，后来才想起看水仙，果然今天开了，又一年，水仙之美如初。

明早五点起床，雾霾天，清晨看到月牙，有太阳。

六九第三天

二月七日。周四。多云

回家吃团年饭，上午就过去，街头比较清静，有些降温。我聪明了一下，穿上了羽绒服。我哥家楼下有人家种了樱桃树，樱桃花还没开。

晚上才吃饭，要等几个还在上班的孩子。我去早了，无聊地看电视，头微痛，起得早，凌晨两点醒来很长时间才睡着，一下午都想睡觉，找了粒感冒药吃。来吃团年饭的还有嫂子的哥嫂和孩子。

菜是嫂子自己做的，重头戏是什锦、泡菜鱼和凉拌鸡等。喝了小半杯葡萄酒。饭后孩子们打麻将，我哥叫我晚点儿走，他们送我回去。我实在撑不下去，不太舒服，想回去睡觉，八点过就走了。到了公交站，十二路正好过来，很空的车。在净居寺转79路，这时风更大，还飘着细雨，到家九点过，洗了澡，看两页书就睡了。

六九第四天

二月八日。周五。多云。四摄氏度到八摄氏度

腊月二十八。白天足不出户，看书、看电影，上

网。清淡饮食，吃红薯粥、炒泡青菜、水果等。

三天没跑步，念念不忘。傍晚去华西医大，寒风拂面，路上行人稀少。到了华西医大的运动场，两道门上锁，进不去，墙上贴告示，运动场关门几天，恰好是春节几天，但又见里面跑道上有人运动，猜想他们是怎么进去的，灰溜溜回去的确不甘心，走到栅栏边，问在运动场里双杠边活动的两个中年男人他们是怎么进去的，他们给我指栅栏的某处，我顺着手指的方向，找到一个缺口，不知是谁把栅栏掰掉一块，刚好能进去。进去后，我忍不住乐，真是上有政策，下有对策，好在天黑后运动场还是有照明，或许降温，或许是过年，倒是非常清静，跑了八千米后离开。

回去的路上，在人人乐超市买了水果、花菜、葡萄干、牛蒡和酸奶。

六九第五天

二月九日。周六。晴

腊月二十九，除夕。起床后清洁屋子，看东边朝霞隐隐约约，过一会儿太阳就出来。昨晚很晚烤了个面包，准备带进山里吃，简单收拾行装，充电器、相机、手机，把殳俏的《贪食纪》装包里。九点过出门，地铁十几分钟就到北站，快得惊人。

除夕的火车站售票大厅很清静。买 D6111 次，十一点五十二分到青城山的票。距开车的时间还早，看书，候车室的旅人很多，相对清冷的城区，显得热闹些许。阳光透过落地窗照进来，暖意融融，日光澄澈。

十一点半检票上车，车厢并未坐满，准点发车，中间停了两个站，郫县和都江堰。到青城山站十二点四十左右，这样的速度，可以随时起意去山中。出站阳光灿烂，看到站前广场的白梅红梅开得好，站在花下仔细看，都是我见过的品种，又坐中巴进山，路上时不时见到山间的野梅花，白色，开得清冷决绝。

从五龙沟上山，冬天的青城后山，从夏天的清碧转为暗绿，有些落叶树只剩光秃秃的枝丫。山容瘦了些许，山间的水也小多了，水声清凌凌，昆虫消失不见，野花极少，春天还未到山里，连鸟声也稀疏，一派寂寥。一路上得山去，偶尔见白色的野梅花，在远远的峭壁上，阳光照耀下，美得炫目。另外较多的就是某种山茶花，白色，单瓣，也很好看，不时见到白色花瓣落满地。到又一村是下午四点多，八月路过这里时，被这个大山环抱的村子吸引，曾就想住在这里。到处看了看，问了两家，后又上山坡，被一个客店老板叫住，看客店修得很有规模，才五十块钱。老板说最便宜了。房间干干净净，还有电热毯。山中又冷又湿，没电热毯很难过。听老板说头天下了雪，第二天就化了。我问去白云寺那段滑坡的路修好没有，说还是没修好，快一年了还没修。

　　略略收拾了下，还不到五点，我出去逛了逛，沿山路往白云寺方向走了一段。路上只遇当地人砍竹子下山，爬到熊耳亭坐了会儿，这里刚好是山脊，可见两边的山峰。太阳此时早已不见踪影，天色灰下来，空气清冽，风吹着冰冷。仔细倾听鸟声，偶尔听到几声，也是很轻柔的声音。从熊耳亭往回走，六点的样子又回到又一村，村子坐落在山坳里，听客店老板说这里有二十几户人家。随便吃了点东西，米饭、蔬菜和汤。这里的东西都太贵，贵是可以理解，毕竟在大山深处，当然你大可不必跑到这里来吃什么大鱼大肉。

天渐渐黑了，山里真静，寂静得可以听见心跳，看了一会儿电视就关了，翻几页书就想睡觉。不知为什么，我一到这青城后山，天一黑就想睡。简直就是来补觉的。中间被几个短信吵醒，都是礼节性的过年短信，我都没回，还有搞不清是谁发的。毕竟除夕夜，山村的村民也放了鞭炮，很响，估计不是烟花，烟花万一落在山林中引燃火怎么办。村民们鞭炮放得早，大概九十点的时候，渐渐地就安静了下来，连春晚的声音我都没听到，城里人十二点放鞭炮的习惯山里也没有，我一直睡得安安稳稳的。

六九第六天
二月十日。周日

大年初一清晨，在山中静静醒来。躺床上听得卷帘门拉起的轰隆声，上楼的脚步声。心想这里的村民们大年初一也起得早啊，那时七点过，接着又听到几阵鞭炮声，我八点过下楼，问老板他们这里有大年初一放鞭炮的习俗吗，他说有，问他家怎么没放，他说没买鞭炮。他问我下山还是上山，我说不上白云寺了，以前去过，准备从五龙沟下山，然后他叫我别走回头路，给我说了另一条路下山，到山脚就是镇上。

我就从这条从未走过的山路下山。开始有一段上坡路，路修得很好。早上的山中真冷，空气清冽，那种清冷跟城里最寒冷的时候不一样，城里是被浑浊空气包围的冷。爬上一段石阶，回头见坡下农家瓦屋间有蓝色炊烟弥漫开来，闻到炊烟的气味，有柴火的味道，是那种熟悉的气味。

走在清冷的山路上，发觉这个时候的鸟声多，我好像还听到乌鸦的叫声，尽管没看到，不过看到了喜鹊，两只喜鹊从头上叫着飞过，喜鹊的长尾巴我一眼就认出，还看到很多鸟，都不认识。不知是不是鸟儿们早上都要出来觅食。上坡路走完，下坡路就不好走了，路基是好的，也比较宽，是土路，雪后泥土未干。看到一个告示，大意说这条下山路不是游览线，是当地村民遇险时的一条通道。果然我在这路上走了近两个小时，只遇到几个当地的村民。路上看到对面连绵的群山，山腰云雾霭霭，看得我不想挪动步子，好在继续下山，一直都是差不多同样的方向，走走我就停下来，静静看云雾的变化，确定是在变化，看到云雾开始是往右飘，缓慢地，渐渐地往上升腾，越来越快，好像所有的云雾一起向上，很快就把对面几座高耸的山峰变魔术似的全部隐藏在云雾中。之后一团云雾往左飘浮过来，飘到我所在的这座山，我走过的山路，也抹上轻雾，我暗想会不会大面积的云雾把下山路也给变没了。有那么一瞬间，生起了一丝恐惧，当然云雾没飘过来，下山路也渐渐不那么泥泞，好走些了。

快到十一点的时候，在下山路上，碰到一个婆婆，背着背篓，我问她到镇上还有多远，她说不远，指着下面云深处。我问她是不是去又一村，她说不是，指山边一条小路，说是去那边什么泉买东西。路上看到一株野梅，但又不确定，可以很清楚地看到花。之后又看到一株野梅，开得一树繁花，吸引我的是，一瞬间树上飞来上百只小鸟，像是麻雀，叽叽喳喳闹麻了，旁边也有株同样的树，有的小鸟又飞到旁边的树上，看它们啄食花瓣，我猜这花瓣难道是甜的，在树下站了好一会儿。到了镇上，才发觉今天上山的人不少，出了镇在中巴车上等开车，更是吃惊上山的车流不断。才在思量难不成这里人的习俗是大年初一要登山，我记得别的地方有这个习俗，如达县。等了很久才发车，因为这个时候没人下山都是上山的，开车上路后，有相当长一段路，上山的车还很多。车到青城山脚下，也是人山人海。我回想三年前或四年前，也曾来过青城山，好像是初二，人没这么多。

　　到青城山站，买一小时后的车票，二点二十七分开车，车上暖和，我又昏昏沉沉睡了十几分钟，过了郫县站睡着的，身边座位啥时候坐了人都不知道，醒来时车刚进成都站。

六九第七天
二月十一日。周一。阴。十一摄氏度到十四摄氏度

　　大年初二。清晨七点过醒来。听窗外的动静，静静的，或几声狗吠，或几声鸟鸣。起来看天，曾想过若天晴，找地方去看樱桃花、玉兰、梅花，这些都开了。若天不好就算了。天不遂人愿，阴沉沉的，看到地上是湿的，想必昨夜下过雨，我竟一点儿不知，"随

风潜入夜，润物细无声"，很久没下雨了，不觉有些欢喜。雨后的清晨有些湿冷。

　　大半天窝家里看书、看碟。下午想去宜家、凯丹、欧尚逛逛。先去了凯丹，在飒拉买了件打折的深灰毛衣。往优衣库去的路上，从凯丹面对宜家的门口望出去，玉兰花白晃晃吸引了我，就出凯丹去看玉兰，这条路两旁的玉兰有白色、浅紫，还有种略微红。玉兰好像开了有几天了，有的已开繁，地上花瓣落了一地，天阴，白色或浅紫的玉兰根本无法拍出好照片来，试了几张，放弃了。顺一路走过，淡淡的玉兰香若有若无，我捡了几片花瓣装包里。路边还有两株樱桃，也开了花。本是洁白的花，灰色的天把花好像也染脏了。宜家停满了车，进出的人多，也不想进去。回到凯丹进优衣库看了看，然后去了欧尚超市，只买了排骨，白萝卜不太好，打算下一家去家乐福。还要买个茶杯，又把杯盖打碎，这已是无数个了，欧尚的茶杯没合适的。

　　家乐福在回去的路上，明显人较欧尚少。蔬菜还要好些，挑了个茶杯，一根白萝卜，就回家了。下午六点过，风大起来，天有些冷。

二月十二日。周二。多云。四摄氏度到十二摄氏度

大年初三。上午看完唐纳德·里奇的《小津》，前些日子重温小津的电影就是为了看这本书。一本解构《小津》电影的书，想要阅读这本书，首先要熟悉这位导演的电影，书是一年多前就买了，当时读了前面两个章节，电影看过多年，记忆很模糊，后面的章节涉及片子的细节，不记得片子的话，看书相当吃力，其实我最终想好好读这本书的原因，不外乎唐纳德·里奇在此书开篇就谈到的《小津》片子表现的主题，那就是家庭的崩溃，"世界的尽头就近在家门之外"。

十一点过，去了趟盐道街。了解民航大巴晚上几点收车：平时十点，春节十一点。往回走，锦江边的红梅开得好看。一路走回去，街道空荡荡，在好利来买两个面包，一杯招牌咖啡。从玉林北巷穿过，一院落的樱桃花引我驻足，院里的楼房是旧楼，洁白樱桃花开在这样的院子里显得很家常。去年也看过这棵樱

桃开花，开得较今年晚。玉林这一片院落，这个时候，不断看到普通的院子里开一树樱桃花，灰扑扑的楼房外立面，跟这樱桃花还有点儿搭调。只不过，有些院落的樱桃花，繁盛后的颓败，不忍多看，令人感伤。

路上孩子短信叫开微信，说在诚品书店，问有啥买的书，一时想不起，只想起黄碧云。台版书贵，没有特别想买的，一般还是不碰，孩子查过说没有黄的书，就算了。

回家继续看书，看契诃夫的小说。把《带阁楼的房子》读完，想象何多苓的绘画，又把韦尔乔的《梦游手记》看了一遍，他的画儿我还是有些看不懂，文字还是喜欢的，那些鬼魅的故事好看。

多云天，时而有太阳。

六九第九天
二月十三日。周三。多云。六摄氏度到十三摄氏度
正月初四。早春天气多变，清早天还不甚好，起来后看汤川秀树的自传《旅人》，身为获诺贝尔奖的物理学家，汤川秀树的学养深厚，文章质朴好看，记得

好像是从胡兰成的文章里知道汤川秀树这个名字的。

十点刚过，天渐渐好起来，略微看得到浅浅的蓝天，阳光时不时地从云层中洒下来。去植物园看花，路上车顺，过动物园时看到人特别多，我好像有二十来年没进去过了。天气转好，植物园游人也多。梅花是正好的时候，那片山坡太阳直晒，多晒一会儿还热起来，开花的还有玉兰，深山含笑。有株玉兰，是我见过的长得最高大的玉兰，满树花开，令人感动。我去看那株去年才搞清名字的野樱花，去年是三月开花，今年这个时候花蕾满树，估计再过十来天全部都会开。树牌上写着这株野樱花是成都地区最大的一株，的确很大，满树开花的时候用壮观来形容一点儿也不为过，后来在离这株稍远的地方，另两株比较小的野樱花都开了。樱桃花也只开了一株，看来城里要热些，樱桃花差不多都开了。大致这个时候就是梅花、玉兰、贴梗海棠在开，其他的就是阿拉伯婆婆纳和二月兰，开了几朵。

下午早早回家，回城就起风了，煮饺子吃，好多天没煮过饭了。

七九第一天

正月初五。昨晚接孩子，在机场待到凌晨快一点。飞机晚点半个小时，还不算严重。楼上出港厅有肯德基，我要了一杯柚子茶，抱一本书看了几个小时。到家以后又收拾了半天，三点过才睡下。

早上八点过起来，天气跟昨天相似。近午才去买了点儿菜，街上车多了起来。晚上正儿八经地煮了多日来的第一顿饭。

剪过枝的铁线莲长出了新叶，楼下的红叶李也快开了。

七九第二天

二月十五日。周五。晴。五摄氏度到十四摄氏度

正月初六。附二院临街围栏内的千里光开出了第一朵花，明艳的黄，去年初春还不认识此花，菊科的花总是不易分辨。最后一棵风信子即将开花，颜色看得出来，想不到是白色；白色也不错，只要别再是红色。

有朋友提到荠菜，说有点儿分辨不清，没看到图

片也不明就里。周绍良的《馋余杂记》开篇就写到荠菜，题目为《春在溪头荠菜花》，这篇随笔中写到了荠菜的几种吃法，江浙一带对吃荠菜好像特别有心得。至今虽买过一两次荠菜吃，去年包过饺子，并没有那种非常喜欢的感觉。

晴朗的天，阳光很好。

七九第三天
二月十六日。周六。多云

略微感冒。与友约某温泉水疗，年前团购的通票。

七九第四天
二月十七日。周日。阴

昨夜在温泉水疗中心睡觉，但睡不着，半夜想爬起来走人，又不想拂友意。感冒加深，清晨咽喉极度不适，清晨起来看见水疗中心有几个白发老太太也在这里玩，大为吃惊。这个地方夜里让我痛苦不堪，灯光、噪声、人声都是障碍。还真是人各有异。几乎来这里的人都玩得欢天喜地，我还真的不行。跟友说下次过来，只桑拿、吃饭，晚上回家睡觉，睡不着的时候，无比怀念山中的清寂。

上午从水疗中心出来回家，天灰蒙，到家喝了很多茶水，再出去买感冒药和蔬菜。下午睡觉。楼下红叶李开了几朵。

七九第五天
二月十八日。周一。阴。四摄氏度到十二摄氏度

正月初九。雨水，降温。不舒服的时候穿很多，却一点儿都不冷。风大，吹落了很多树叶，暗沉沉的叶是女贞树和小叶榕等。

晚上风吹得风铃响个不停，阳台收衣，把风铃取下来。

七九第六天
二月十九日。周二

上午去我哥那儿拿鸡蛋，前些天他们去名山买的土鸡蛋。出门时雨已停，太阳露了下脸，看着天色渐晴。

往东一路上天越来越晴，阳光也好，我提前两站下车，路旁有一大片菜地，想到地里看看种的是什么，还想看看早春的野花。地里豌豆、蚕豆都在开花，种的蔬菜有红油菜、萝卜、瓢儿白、香菜、茼蒿菜及芹菜，还看到胡萝卜了，胡萝卜的叶我认识。摘来闻有熟悉的气味。油菜也开花了，我站在油菜地边的田埂上，油菜花长得都高过我，阳光下油菜花黄得非常耀眼，静静地能听到蜜蜂嗡嗡的声音，空气中有淡淡的粪肥气味。

野花有阿拉伯婆婆纳，有种紫草，淡蓝色，花小得我差点儿趴在地上拍，意外看到野豌豆也在开花，很清秀的样子，原本是想挖荠菜，荠菜很多，但全部在开花，开花就老了，哪能吃啊。我记得去年夏天坐车经过这里时，看到地里有向日葵，我是那时被这片地吸引的。田里有几间土屋，屋前几株樱桃树在开花，晴空下洁白的花美极，拍了几张。

不知不觉中我在这片地转了近一个小时，到我哥家里已中午，他家楼下的几棵樱桃也开花了。下午晚些时候离开，回来天又转阴，傍晚风大。

七九第七天

很想去打包份凉水井火锅兔，12路车直达。昨天在那附近就想去，因提着蛋太不方便。夏天曾去买过，要走过一条乡间小路，路旁是菜地，才到有名的凉水井火锅兔餐厅。一个其貌不扬味道极好的餐厅，但一想到要捧着一个刚出锅的沉沉的装着打包袋的纸盒，坐很远的车回家，我一下就嫌麻烦了。

买菜时还是买了兔肉、芋儿和笋子，加麻辣调料一起烧，味道也不错。去小南街买了支小楷笔，天阴冷。

七九第八天

郑骞在《永嘉室杂文》一书中的《〈桐阴清昼堂诗存〉跋》中写道："我喜欢春夏天正午前后的庭园，红日中天，绿阴满地，偶然有一阵清风，数声幽鸟，真是恬静得令人心旷神怡。古人诗词如'绿阴生昼静'，'日午树阴里'，'午阴嘉树清圆'，'爱桐阴满庭清昼'，都是我所欣赏的句子。"读到这段，令我想起小时的夏

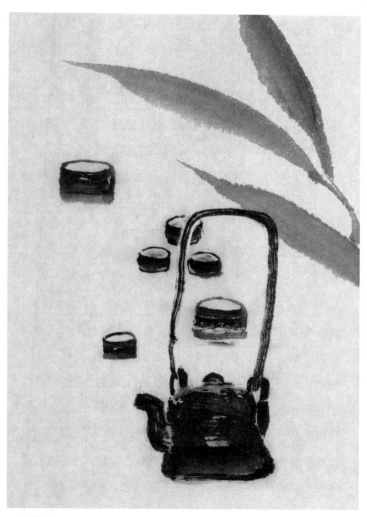

天，虽没有庭园，家门前也有一块空地，种了棵高大的青桐，桐叶夏天青碧，静静的午后，我就经常坐在树下看书。

雨水节气后，果然雨渐渐多了起来。上午下了会儿小雨，出门穿着大衣也冷。估计感冒未好，怕冷。回来换上羽绒服，下午见一个朋友，天忽然放晴，阳光灿烂。晚上从健身房回来，路上看到月亮，正月十二的月亮。

七九第九天
二月二十二日。周五。晴。七摄氏度到十七摄氏度

一早太阳就出来，想去省博物馆看《画说红楼》展，顺便还想去百花潭看垂丝海棠，这两个地方离得很近。坐公交车到衣冠庙的时候，闺密来电叫去沙河喝茶，难得好天，也想去河边晒太阳，很久没去喝茶了。于是在一环路上转了几次车，一个多小时后才到高笋塘，坐高铁都到青城山了。

沙河水比起冬天涨了很多，水质看起来也不错，河面上漂着枯黄的梧桐叶，站在三洞桥上看两岸的树，梧桐还像冬天一样，黄叶依旧挂在枝头。欣慰的是两岸的柳树，长出了嫩芽，远望浅浅的一片新绿，很养眼，好像也只有柳树最先发芽。好想采一把柳树新芽拿来泡水喝。隔得太远，抓不到柳枝。知堂老人《苦茶随笔》中有篇摘录汪谢城的《湖雅》中的一段："柳芽茶，案柳芽亦采以代茗，嫩碧可爱，有色而无香味。"曾经某年早春泡过柳芽来喝，无怪味，尚可喝，柳芽的嫩绿有春天的感觉。

跟闺密喝茶到半下午，四点离开。这里离家太远，几乎穿城而过，路上差不多要一个小时，只是公交车还方便。

八九第一天
二月二十三日。周六。阴

上午微雨，下楼才发觉，若有若无。昨日晴好的天，红叶李开得一树繁花。在人人乐超市买了儿菜，回来切细盐腌到明天，这次用干辣椒面来拌。

看了一下午书，晚上把《浮云》看完，昨晚看了一小时。近期打算把成濑的电影重新看一遍。

八九第二天

二月二十四日。周日。多云

天一黑，烟花爆竹声就没停过，戴上耳机开大音量听了一晚的音乐，看几篇从图书馆借的山本文绪的短篇小说。

买了好长时间没来得及吃的新鲜大头菜，搁在菜篮里长出了鹅黄的嫩叶及细碎的花苞。我大吃一惊，前天是半节青菜头，明明缺失水分的样子，还冒嫩芽，开出明艳的黄花，我把那嫩芽掐下来插瓶了，这块大头菜削掉一半看中间，有空花的感觉，把下部分扔掉，上部分养在盆里看花开吧。我不久前还思忖着，从没见过大头菜开花，上面两样都是十字花科的植物，估计开出的花也差不多，不曾想到，我也要养菜花看了，之前看孙犁先生的《如云集》中，就有一篇写菜花。孙犁先生家里冬天贮存的大白菜，到了春天就会自己开花，孙犁先生就会把开花的白菜稍稍修饰一下，放在水盆里养着。

白天气温略高，有太阳。

八九第三天

二月二十五日。周一。多云

下午五点过突然停气，饭正煮在电饭锅里，萝卜排骨汤刚炖好，只等炒菜了，等到六点气还没有，打电话问物管，说是二环路煤气管挖爆了，不知啥时修得好，只好将就用电饭锅把菜煮了。

晚上把《饥饿海峡》看了，用了近三个小时。这是内田吐梦执导，1965年的片子。这片名熟悉得很，以至于误认为曾看过。高仓健在这部片子里真年轻，虽说是侦探片，但超出了侦探片的范畴，人物个个生动，印象深刻，这片子令我想起了《砂器》，有相似的地方。

十六的月亮极好。

八九第四天

二月二十六日。周二。晴。十一摄氏度到二十一摄氏度

上午十点多去省博物馆，在浣花溪边拍柳树，博物馆园内看了看花，有几株红梅开得好，很是浓丽，

层层叠叠桃红的花瓣，中间是深红色一圈，不晓得是哪个品种，这个时候大多数的梅花都凋谢了。

《画说红楼》展在一楼临展厅，我用了两个多小时看完，看得很仔细。画展是按照小说的章回顺序安排的，上端是文字，画儿在下面。就像看了一遍《红楼梦》连环画，先看文字，再看画儿。我这次才看清楚，几乎每一幅画儿里，都有几个场景，是文字叙述中所提到的内容，绘画不用说，很精美。孙温和孙允漠的绘画，大致一眼就看得出有区别，前者表现得更精致完美，后者简练，更自然些。当然我更喜欢孙温的画儿，除了人物，还特别注意画儿中的植物、房间的陈设等。

顺便看了看一楼的汉代陶石艺术馆，两个馆，其中有一个没开。博物馆中，我喜欢的就是陈列四川汉代画像砖和陶塑的这两个馆。二楼想看的书画馆没开，别的馆不想看，离开时已下午三点钟。

天气一下子热到二十摄氏度。晚上从健身房回来的路上，一直看得到月亮。

八九第五天

二月二十七日。周三

持续昨天的好天。买了豆腐、鱼、青菜和蘑菇。

看小林正树《人间的条件》第一部。

八九第六天

二月二十八日。周四。阴

两天晚上没睡好，头一天是咳嗽，昨晚正庆幸咳嗽好转，可以睡个好觉了，却被附近一个工地的拆楼机吵到半夜都没法睡；拆楼机停止作业后，我也睡不着，估计两三点才睡着。

午饭后睡了两个小时，收一个快件，发件地址也没仔细看就签收了，拆开是一盒不二家的糖和一盒曲奇。短信问孩子是不是她买的，她说没买。那肯定就是我的东西，快件单上的地址看不清楚，研究了半天终于辨认出是从杭州发来的，想起肯定是流苏寄的，去年她曾说过要给我寄喜糖。估计是婚期将近，微博上问她，晚上回来看到她的回信，果然是，说这阵子忙着婚礼的事。

想起多年前在天涯论坛认识流苏，那时她刚在厦门大学读大一，之后到浙江大学读研，现在读博。然后又要结婚了，真心为她高兴。

　　翻几页契诃夫的随笔，是往萨哈林岛途中写的《寄自西伯利亚》，随笔大篇幅描写西伯利亚严酷恶劣的自然环境中人们的生存状态，其中不乏幽默的笔调，写人记事更见长。

八九第七天
三月一日。周五。阴

　　上午在阳台上看东边，天阴沉灰蒙，远远的楼宇都笼罩在浮尘中，走在玉林的小巷中，安静，绿意深深，把浮尘挡在了视线外，楼间忽然一树雪白的李花，让我心里一震，对那个素朴平常的院落也多打量了几眼。

　　下午在楼下小河边看到乌鸫飞来飞去，它黑色的身影挺吸引我。

　　晚上烧菌菇，四种菇，有海鲜菇、茶树菇、鸡腿菇，还有一种菇忘了名，与鸡一起烧，味道鲜美。

　　夜里风大，取下风铃。

八九第八天

三月二日。周六。阴。八摄氏度到十四摄氏度

下午去凯丹的优衣库给孩子买裤子，新光路过了隧道后路旁的碧桃开得盛，满树枝的花都在开，买了裤子又去对面的宜家看看，宜家最近有打折，周末人多，逛了一会儿头就开始晕，匆匆逛完赶紧出来呼吸新鲜空气。实在受不了在封闭的环境中。

天阴，冷风吹着很清爽，宜家外面的垂丝海棠正渐渐开花，如果不是因为路太远，真想走路回家了。

在菜市买了几个茨菰。前些天想买没看到，不是吃，我还实在吃不惯茨菰，无论炖汤或清炒。我想栽着玩，想看茨菰的叶与花，茨菰的叶我前年春天曾拍过，像剪刀样，看书中说茨菰有个别名叫燕尾草，这个名字很形象，花没亲眼见过。

晚上看了《逃离德黑兰》。

八九第九天

三月三日。周日。多云。九摄氏度到十九摄氏度

降温结束，气温回升。早上去健身前看黄永玉写

的大雅宝胡同的事，文中提到了张郎郎，想起张郎郎的那本《大雅宝旧事》，几年前这本书多次进入视线，都略过了，这回想读这本书了。

傍晚忙完，翻植物书，查昨天有熟人贴的那张叫我帮认的花。开始我以为是结香，他查了说不是，照片拍得不是太清楚，翻了几本书，打算放弃时，又翻《乔木和灌木》（*Trees & shrubs*），澳大利亚出版的植物图谱，英文看不太懂，好在照片精美，用最笨拙的方式翻图片看，居然看到了相似的花，百度出来是黄花金铃木，听都没听到过的树，在比较热的地方生长。中国台湾及南方有。后经查证，果然就是此树，每次弄清楚一种植物名，我总要开心一阵。

九九第一天
三月四日。周一。晴

上午阳光明亮，洗衣服。等洗衣机洗的时候，倚在阳台栏杆上晒太阳，微微的暖意，看楼下河边的树，喜树，有了浅浅的绿意，恍若一夜之间长出来似的。

中午坐 61 路公交车路过电信南路，看到路边小园

踏春，油菜花开

林有粉红的花在开，揣测是不是海棠，下车折回来看，原来是桃花，粉红，单瓣，疏淡地开着，比碧桃好看，跟龙泉山上的桃花也有差别。龙泉山上的桃花满山遍野开的时候，往年是清明节前，今年会提早，回来后查了下桃花，桃花原来品种也有好多种。

电信南路离家不远不近，就走回去，太阳大，一下子就热了，路边有一家书店，进去看，好像卖的都是盗版书，我看到书法类的书，有一本王羲之的《丧乱帖》，翻看那些寥寥数语的尺牍，想买来看，因为碍着盗版，心里总有障碍。后来想这本书内容本来就不多，回去在网上找来抄在笔记本中慢慢读，我只对尺牍感兴趣，书法看不懂，估计字都认不出。后来看到了《郑板桥文集》，仔细看是正版，巴蜀书社出版的，半价。有一阵想看《板桥家书》，下了电子版，没怎么看下去，于是把这本买了。

九九第二天

三月五日。周二。晴。十五摄氏度到二十三摄氏度

惊蛰。天晴，穿一件毛衣和连衣裙，一点儿不冷。

上午去君平街买东西，顺便去图书馆借张郎郎的《大雅宝旧事》，记得以前是看到过，按拼音查，果然找到，还是去年的新版。

一下午整理稿子。坐了一下午，逼着自己晚上去上健身课。下课回家穿过玉林北巷，抬头看夜空，隐隐约约看到星星，明天又是一个晴天，十点到家，洗了澡，继续整理，到凌晨弄得大致差不多了。

九九第三天

三月六日。周三。晴。十四摄氏度到二十五摄氏度

上午去文家场的青羊工业园，给姐送东西过去。知道路上会堵车，但还是在二环路成温立交桥和光华路口堵得超出我想象。在金沙车站坐 33 路，路上有些空地上的油菜花开得明艳，不是成片的，在红碾村西下车，远景路上种有高高的一溜杨树，杨树还没发芽，2008 年地震后没多久来过这里，那时节杨花如雪，漫天飞舞，地上也是一团一团的，那是我第一次见如此大规模的杨花飞絮。

在姐厂里吃他们自己员工做的午饭，他们给我舀

九九第四天

了一大碗饭，菜有花菜、蒜苗回锅肉和拌冲菜。不敢剩饭，更不敢倒饭，全部吃完。姐说我晚饭也可以不用吃了。在露台上看姐种的花草，樱桃结果了，小小的青色的果，葡萄藤发芽，还有棵猕猴桃，在爬藤，长出了叶子，还没真见过猕猴桃的花。许多的兰草，还种了莴笋。下午近三点离开，到了玉林在好利来买巧克力丹麦，玉林北巷买青菜和冲菜。有个买了冲菜的大叔问我冲菜怎么弄，我给他说了冲菜的做法，但深深怀疑他是否明白。

晚上青菜心煮汤，吃了一碗青菜。

气温还在上升，中午太阳都不能晒了，盼着下雨。路上白色的早樱都开了。

九九第四天
三月七日。周四。晴

晚上与几个朋友在一品天下吃饭，饭后，星光灿烂，听他们唱歌，一点过离开。深夜街头有些凉意。回家路过永陵路，等红灯的时候看见路旁一树白花的玉兰，恍若有花在落，忽然想起这还是正月尾，气温一直上升，已几乎是初夏的感觉，穿薄衣裙，却在看早春的花，平生没经历过。

到家不到两点，洗了澡，已很晚，还是睡不着，看几页黄永玉笔下的沈从文的家事，写到沈从文的妹妹，文中只是简略地说了一些她命运的坎坷，令人黯然。

九九第五天
三月八日。周五。晴。十六摄氏度到二十七摄氏度

气温的升高让身体难以适应，很不舒服。中午骨头炖绿豆汤，蔬菜，清淡饮食。水养的大头菜开几朵小黄花，十字花科都是四瓣花，跟油菜花差不多。大头菜学名芜菁，看笔记本中抄的俳句，有首写芜菁："芜菁花蕊欲开时，偏遇风和雨。"

第二年的铁线莲果然茎粗壮多了。

晚上哥打电话问我明天去不去青城后山，我立即答应要去。我想看看山上野花开没开，初一在山上，野花极少。哥问孩子上不上山，我说不去。晚上给她烤个可可戚风，她想吃什么自己叫外卖。

继续晴热。

九九第六天

三月九日。周六。晴

早上坐地铁二号线在洪河下，公交站等车的时候，看到一辆辆往龙泉的车都爆满，之后才听说，龙泉的桃花开了。

中午才到青城后山。城里堵车，路过温江的一个镇，有个一年一度农村的什么会，又被堵了很久。红岩村清静，山上太阳也有初夏的感觉，好在空气好，山风吹拂，很清爽。午后我哥叫我带他走那段红岩村附近通往山中景区的小路。去年夏天我独自走这条路，当时觉得走了好长时间，这次再走，也没那么远。路窄，但也好走，没游人，很清静。路边山坡上野花纷纷开了，紫堇类的多，野花几乎辨别不清，只匆忙拍了些，不好在路上耽搁，山中看野花，看来也只宜独往，我哥说他来山上几次了，没一次上过又一村，更别提白云寺了。侄儿爬一段路上不去，嫂子更不喜欢爬山，我跟哥说，下次来陪他爬白云寺。

走到景区道，游人很多，我们下山，今年雨水少，山中溪涧的水也少，树的新绿好看，野樱花正开，雪

321

白一片。这是正月里第二次在此山中，上次是正月初一，冬日寂静，山林萧瑟，山茶花寂然地花开花落，短短二十几天，山林从寂然中苏醒过来。

从泰安镇出来，下山路上，有桃花、李花、白玉兰在开。

回城后在洪河吃了晚饭才回家。坐12路，选窗子能打开的座位。在山上晒了太阳，头有点儿晕，红彤彤的太阳正在落山，晚风稍稍有些凉意。

疲惫，十点过就睡了。

九九第七天
三月十日。周日。晴。十六摄氏度到二十五摄氏度

中午从玉林北巷过的时候，买了几根莴笋，一块钱一斤，回家素炒了一盘，白粥。这个时候的莴笋好吃，叶清香茎嫩。

河边喜树的新芽不再是"草色遥看近却无"，楼下望去也可以看到浅浅的绿了。

浮尘漫漫的一天。

九九第八天

气温微降，但不明显，依旧是浮尘天。

恍若一夜之间树的新叶都发起来了。午后穿过玉林的小巷，看到悬铃木小小的花蕾，叶子也刚长出来。花蕾也就蚕豆大小，青色，第一次注意到，也挺可爱的。槐树、酸枣树、臭椿树，原来干枯的枝都缀满了新叶。香樟一边长新叶，一边落旧叶。落叶的还有大叶榕。一条几乎天天都要经过的巷子，泡桐也忽然开花了。浅浅的紫花，记得有一年是清明节前后看泡桐开花。

木香弥漫出淡淡的花香，已渐渐开花。经过八重樱树下，也只看几眼。令人惊喜的是多年以后又看到白玉棠花，藤蔓爬满一墙，花才开数朵。

买了蒜薹、冬寒菜和芋儿。

数九最后一天，小时候听父亲说过成都版的九九歌，记得末了一句"九九八十一，庄稼老汉田中犁"。今天刚好是正月最后一天，天早已暖了，《消寒录》至此搁笔。

有　态　度　的　阅　读

微　博　小马BOOK	抖音　小马文化	全案营销　小马青橙工作室
公众号　小马文艺	淘宝　小马过河图书自营店	
小红书　小马book	微店　小马过河图书自营店	投稿邮箱　xiaomatougao@163.com

图书在版编目（CIP）数据

我在人间折花寻味 / 心岱著. -- 北京 : 华龄出版社, 2023.6

ISBN 978-7-5169-2544-7

Ⅰ . ①我… Ⅱ . ①心… Ⅲ . ①散文集—中国—当代 Ⅳ . ① I267

中国国家版本馆CIP数据核字 (2023) 第 099095 号

| 责任编辑 | 梁玉刚 | | 责任印制 | 李末圻 |
| 策划监制 | 小马BOOK | | 内文制作 | 刘龄蔓 |

书　　名	我在人间折花寻味	作　　者	心　岱
出　　版	**华龄出版社** HUALING PRESS		
发　　行			
社　　址	北京市东城区安定门外大街甲 57 号	邮　　编	100011
发　　行	（010）58122255	传　　真	（010）84049572
承　　印	定州启航印刷有限公司		
版　　次	2023 年 8 月第 1 版	印　　次	2023 年 8 月第 1 次印刷
规　　格	787mm×1092mm	开　　本	1/32
印　　张	10.5	字　　数	145 千字
书　　号	ISBN 978-7-5169-2544-7		
定　　价	58.00 元